Alphonse Daudet, geboren am 13. Mai 1840 in Nîmes, ist am 16. Dezember 1897 in Paris gestorben.

Daudet war der Sohn eines Fabrikanten. Als die Familie in finanzielle Schwierigkeiten kam, zog man nach Lyon um. 1856 ist Daudet Repetitor am Gymnasium Alais. 1857 zieht er nach Paris. 1860–65 ist er Sekretär des Herzogs von Morny. Beginn seiner literarischen Karriere. Er verkehrt in den Salons der Hauptstadt. Er unternimmt mehrere Reisen nach Afrika, Korsika und Südfrankreich. Nach dem Tod des Herzogs (1865) lebt er als freier Schriftsteller.

Wichtige Werke: Lettres de mon moulin (1869); Les Aventures prodigieuses de Tartarin de Tarascon (1872); Numa Roumestan (1881); Tartarin sur les Alpes (1885); Port Tarascon (1890).

»Der hat viele Register an seiner Orgel«, so äußerte sich Gottfried Keller zu Alphonse Daudets großem erzählerischen Talent. Vor allem wußte Daudet das Register des humorvollen Spotts zu behandeln. Er wollte ein Spötter sein, und er ist es besonders in den zum Volksbuch gewordenen drei Teilen des Tartarin-Zyklus geworden, dessen berühmtester Teil hier vorliegt.

insel taschenbuch 84
Alphonse Daudet
Tartarin von Tarascon

Alphonse Daudet
Tartarin von Tarascon

Die wunderbaren Abenteuer
des Tartarin von Tarascon
Mit 45 Zeichnungen
von Emil Preetorius

Insel Verlag

insel taschenbuch 84
Dritte Auflage, 19. bis 21. Tausend 1982

Insel Verlag Frankfurt am Main
Der Abdruck der Zeichnungen von Emil Preetorius
erfolgte mit freundlicher Genehmigung von Frau E. Preetorius
Vertrieb durch den Suhrkamp Taschenbuch Verlag
Umschlag nach Entwürfen von Willy Fleckhaus
Satz: LibroSatz, Kriftel
Druck: Nomos-Verlagsgesellschaft, Baden-Baden
Printed in Germany

In Tarascon

Der Garten mit dem Baobab

Mein erster Besuch bei Tartarin von Tarascon ist mir ein unvergeßliches Erlebnis geworden; es ist zwölf bis fünfzehn Jahre her, aber ich erinnere mich daran so deutlich wie an den gestrigen Tag. Der unerschrokkene Tartarin wohnte damals am Eingang der Stadt, im dritten Haus links an der Straße nach Avignon. Es war eins von den hübschen kleinen Landhäusern in Tarascon, mit einem Garten vorn und einem Balkon hinten, mit hellen weißen Mauern und grünen Fensterläden; und auf der Schwelle lagerten die Savoyardenbuben und spielten Mühle oder schliefen in der lieben Sonne, den Kopf auf ihrem Schuhputzkasten.

Nein, von außen merkte man dem Hause nichts an. Niemand hätte geglaubt, vor der Wohnstatt eines Helden zu stehen. Aber wenn man hineinging! Donnerwetter noch einmal, dann ... Vom Keller bis zum Boden sah das ganze Haus heldenmäßig aus, selbst der Garten!

O der Garten Tartarins, der hatte in Europa nicht seinesgleichen! Nicht ein heimischer Baum, nichts, was sonst in Frankreich blüht, nur exotisches Gewächs, Gummibäume, Flaschenkürbisse, Baumwollstauden, Kokosbäume, ein Baobab, Opuntien, Kakteen, Berberfeigen: man glaubte mitten im innersten Afrika zu sein, zehntausend Meilen fern von Tarascon. Freilich hatte da nicht alles die natürliche Größe; so waren die Kokosbäume nicht höher als sonst Runkelrüben, und der Baobab (Affenbrotbaum, Arbor gigantea) fand gemächlich Platz in einem Resedentopf. Gleichviel, für Tarascon war es schon sehr hübsch, und die Leute aus der Stadt, denen es am Sonntag vergönnt war, Tartarins Baobab zu bewundern, gingen jedesmal voller Entzücken nach Hause.

Denkt euch meine Erregung, als ich an jenem Tage durch den Wundergarten kam!. . . Aber es wurde noch ganz anders, als man mich in das Kabinett des Helden führte! Dieses Kabinett, eine der Sehenswürdigkeiten der Stadt, lag nach dem Garten hin zu ebener Erde; eine Glastür ließ gerade den Baobab sehen.

Stellt euch einen großen Raum vor, mit Gewehren und Säbeln von oben bis unten austapeziert; Waffen aus aller Herren Ländern: Karabiner, Flinten, Donnerbüchsen, korsische Messer, katalanische Messer, Revolvermesser, Dolchmesser, malaiische Krise, Karaibenpfeile, Pfeile aus Feuerstein, Schlagringe, Totschläger, Hottentottenkeulen, mexikanische Lassos und was weiß ich noch!

Dazu von oben her grelle Sonne, daß der Stahl der Klingen und die Beschläge der Feuergewehre wild aufleuchteten, als sollte einer erst recht eine Gänsehaut kriegen. . . Was immerhin ein wenig beruhigte, war die friedliche Ordnung und Sauberkeit in dieser ganzen Jataganerei. Da war alles hübsch gereiht, wohl gehütet, blank geputzt, etikettiert wie in einer Apotheke; und hin und wieder mahnte eine menschenfreundliche Aufschrift:

Pfeile! Vergiftet! Nicht berühren!

oder:

Waffen! Geladen! Vorsicht!

Ohne solche Aufschriften hätte ich mich nie getraut, da hineinzugehen.

In der Mitte des Kabinetts stand ein runder Tisch. Auf dem Tisch eine Flasche mit Rum, ein türkischer Tabaksbeutel, die Reisen des Kapitäns Cook, die Romane von Cooper und von Gustave Aimard, Schilderungen von Jagden, Bärenjagden, Falkenjagden, Elefantenjagden und so weiter... Und an dem Tisch saß ein Mann, vierzig bis fünfundvierzig Jahre alt, klein, dick, stämmig, mit roten Wangen, saß in Hemdsärmeln und Unterzeug aus Flanell, hatte einen starken, kurzgeschnittenen Bart und funkelnde Augen, hielt in der einen Hand ein Buch, schwang in der andern eine mächtige Pfeife mit eisernem Deckel, und wenn er eine fürchterliche Geschichte von Skalpjägern las, schob er die Unterlippe vor und schnitt ein grimmges Gesicht. Das gab dem wackeren kleinen Rentner aus Tarascon das nämliche gutmütig-wilde Aussehen, wie es das ganze Haus hatte.

Dieser Mann war Tartarin, Tartarin von Tarascon, der unerschrockene, der große, der unvergleichliche Tartarin von Tarascon.

Allgemeiner Überblick über die gute Stadt Tarascon Die Mützenjäger

Um die Zeit, von der ich erzähle, war Tartarin von Tarascon noch nicht der Tartarin, der er heute ist, der große Tartarin von Tarascon, berühmt im ganzen Süden Frankreichs. Trotzdem, selbst dazumal war er schon der König von Tarascon.

Wir wollen berichten, woher ihm diese Königswürde kam. Ihr müßt zunächst wissen, daß da unten alle Welt jagt, vom Größten bis zum Kleinsten. Jagd ist die Leidenschaft der Leute von Tarascon, und das seit den sagenhaften Zeiten, da die Tarasque in den Sümpfen um die Stadt ihr Wesen trieb und die Einwohner von damals Treibjagden auf sie veranstalteten. Ihr seht, es ist hübsch lange her.

Also jeden Sonntagmorgen greift ganz Tarascon zu den Waffen und verläßt das Weichbild, den Rucksack auf dem Rücken, das Gewehr über der Schulter, mit kläffender Meute, mit Frettchen, mit Hörnerklang und Trompetenschall. Ein prächtiger Anblick!. . . Leider fehlt das Wild, es fehlt ganz und gar.

So viechsdumm auch das Viehzeug ist, schließlich, man kann es ihm nicht verdenken, ist es doch mißtrauisch

geworden. Fünf Meilen um Tarascon ist jeder Bau leer, jedes Nest verlassen. Nicht eine Drossel, nicht eine Wachtel, nicht das schäbigste Kaninchen, nicht die allerkleinste Schnepfe.
Und sie sind doch recht verführerisch, diese hübschen Hügelchen um Tarascon; sie duften von Myrten, von Lavendel und Rosmarin. Und auch die schönen, schwellend-süßen Muskatellertrauben, die sich am Ufer der Rhône hin ranken, sind verteufelt appetitlich... Ja, aber dahinter liegt Tarascon, und bei der kleinen Welt in Fell und Federn ist Tarascon sehr schlecht angeschrieben. Selbst die Zugvögel haben es mit einem großen Kreuz auf ihren Wegplänen bezeichnet, und wenn die Wildenten in langem Dreieck nach der Camargue hinunterfliegen und von fern die Glockentürme der Stadt wahrnehmen, dann schreit die an der Spitze recht laut: ›Das ist Tarascon!... das ist Tarascon!...‹ Und die ganze Schar macht einen Bogen...
Kurz, von Wild ist im ganzen Land nur noch ein alter Gauner von einem Hasen übrig, der wie durch ein Wunder den Mordgelüsten von Tarascon entgangen ist und nun justament dort weiterlebt... In Tarascon ist dieser Hase allbekannt. Man hat ihm einen Namen gegeben; er heißt Schnell. Man weiß, daß sich sein Lager auf dem Grundstück des Herrn Bompard befindet – was übrigens den Wert dieses Grundstücks verdoppelt, ja verdreifacht hat –, aber er hat sich noch nicht erwischen lassen.
Jetzt sind nur noch zwei, drei verbissene Jäger hinter ihm her. Die übrigen haben das Kreuz darüber gemacht, und man läßt die Existenz dieses Schnell in der Stadt längst nur noch wie einen Aberglauben gelten, obwohl die Leute von Tarascon sonst recht wenig

abergläubisch sind und sogar Schwalben als Salmis verzehren, wenn es nur welche gibt.

›Ja freilich‹, sagt ihr mir da, ›wenn das Wild in Tarascon so rar ist, was tun dann die Jäger der guten Stadt Sonntag für Sonntag?‹

Was sie tun? Du lieber Gott! Sie ziehen ins Freie hinaus, zwei, drei Stunden Wegs. Immer fünf oder sechs schließen sich zu kleinen Gruppen zusammen; und dann strecken sie sich ruhig in den Schatten eines Bruunens, eines Gemäuers, eines Ölbaumes hin, ziehen aus ihren Jagdtaschen ein tüchtiges Stück gedämpftes Fleisch, rohe Zwiebeln, Würstchen, etliche Sardellen und beginnen zu frühstücken und hören nicht auf. Und sie begießen dieses Frühstück mit einem guten Wein von der Rhône, bei dem es sich lachen und singen läßt.

Wenn man dann das richtige Schwergewicht hat, erhebt man sich, pfeift die Hunde herbei, lädt die Gewehre und macht sich ans Jagen. Das heißt, jeder von den Herrschaften nimmt seine Mütze, wirft sie mit aller Kraft in die Luft, und wenn sie fliegt, schießt er danach mit Fünfer-, Sechser- oder Zweierschrot, wie gerade die Bedingungen sind. Wer die meisten Treffer in seiner Mütze hat, wird zum Jagdkönig ausgerufen und kehrt am Abend im Triumph mit Hundegebell und Fanfarengeschmetter nach Tarascon zurück, die durchlöcherte Mütze über dem Gewehrlauf.

Ich brauche wohl nicht zu sagen, daß sich in der Stadt der Verkauf von Jagdmützen lohnt. Es gibt sogar Hutmacher, die für Ungeschickte die Mützen schon durchlöchert und zerrissen verkaufen; aber man weiß nur von Bézuquet, dem Apotheker, daß er bei solchen Kunde ist. Schmach und Schande!

Als Mützenjäger war Tartarin von Tarascon unver-

gleichlich. Jeden Sonntag zog er am Morgen mit einer neuen Mütze aus: jeden Sonntagabend kam er mit einer zerfetzten heim. In dem kleinen Haus mit dem Baobab waren die Speicher angefüllt mit solchen Ruhmeszeichen. Darum erkannte ihn auch alles Volk in Tarascon als seinen Meister an, und weil Tartarin das Recht der Jagd gründlich beherrschte, weil er alle Abhandlungen, alle Handbücher aller möglichen Jagden gelesen hatte, von der Mützenjagd angefangen bis zu der Tigerjagd in Birma, so hatten ihn die Herrschaften zu ihrem obersten Jagdrichter gemacht und nahmen ihn bei allen ihren Streitigkeiten als Schiedsmann.

Tag für Tag sah man zwischen drei und vier beim Waffenhändler Costecalde einen behäbigen Mann, der mit ernsthafter Miene, die Pfeife zwischen den Zähnen, in einem grünledernen Lehnstuhl saß, und ringsum standen die Mützenjäger, füllten den ganzen Laden, zankten und lärmten. Es war Tartarin von Tarascon, der da Recht sprach, Nimrod und Salomo dazu.

Neun! neun! neun!
Weitere Übersicht über die gute Stadt Tarascon

Zu der Leidenschaft für die Jagd gesellt sich bei der tapferen Bevölkerung von Tarascon noch eine andere: die für Romanzen. Was dieses Ländchen an Romanzen verbraucht, ist gar nicht auszudenken. Alle die alten gefühlvollen Singweisen, die sonst in den ältesten Heften vergilben, die findet man in Tarascon in voller Jugend, in vollem Glanze wieder; sie sind alle da, alle. Jede Familie hat eine zu eigen, und man weiß das in der Stadt. Man weiß zum Beispiel, daß die des Apothekers Bézuquet so geht:

›Du bleicher Stern, zu dem ich bete‹,

die des Waffenhändlers Costecalde:

›Willst du aufs Land, willst du zur Hütte kommen‹,

die des Steuereinnehmers:

›Und wenn ich nur unsichtbar wär, so könnt mich keiner sehn.‹

(Ein witziges Lied!)

Und so ähnlich hält es ganz Tarascon. Zwei- oder dreimal die Woche kommen die einen zu den anderen zu Besuch, und man singt ›sie‹, die Romanzen nämlich. Das Sonderbare daran ist, daß es immer dieselben sind und daß diese guten Leute in Tarascon, solange sie sie auch schon singen, nie das Verlangen haben, damit zu wechseln. Sie vererben sich in den Familien vom Vater auf den Sohn, und niemand rührt daran; das gilt als heiliger Brauch. Man leiht sie einander nicht einmal. Nie kämen die Costecaldes darauf, das Lied der Bézuquets zu singen, noch auch die Bézuquets das der Costecaldes. Und ihr mögt mir glauben, daß immer ein jeder auch schon das Lied des anderen kennt; denn er hört es schon seit vierzig Jahren. Aber nein, jeder hütet seins, und alle Welt ist es zufrieden. Über die Romanzen wie über die Mützen nun herrschte in der ganzen Stadt wiederum Tartarin. Seine Überlegenheit über seine Mitbürger bestand darin, daß Tartarin von Tarascon nicht nur seine Romanze hatte. Er durfte alle haben, alle! Nur konnte man ihn verteufelt schwer dazu bringen, daß er sang. Der Held von Tarascon war früh davon abgekommen, sich im Salon Erfolge zu holen; er vertiefte sich weit lieber in seine Jagdbücher oder ging abends in den Klub, statt vor einem Klavier aus Nîmes zwischen zwei Kerzchen aus Tarascon den Unwiderstehlichen zu spielen. Dieses Getue mit der Musik war durchaus unter seiner Würde. Nur manchmal, wenn sie in der Apotheke bei Bézuquet musizierten, trat er wie beiläufig ein und ließ sich, wenn man ihn recht sehr gebeten hatte, herbei, mit Mama Bézuquet das große Duett aus ›Robert der Teufel‹ zu singen. Wer das nicht gehört hat, der hat gar nichts gehört. Und wenn ich hundert Jahre alt werden sollte, ich werde es mein Leben lang vor mir sehen, wie der große Tartarin mit feierlichen Schritten zum Klavier ging, sich auf den Arm lehnte, das grimmige Gesicht machte und im grünlichen Schimmer der Glasgefäße, die in den Apothekerfenstern standen, seinem guten Gesicht den wild-satanischen Ausdruck Roberts des Teufels zu geben suchte. Kaum war er in dieser Stellung, so überlief es alle im Salon; man fühlte, da würde etwas Großes vor sich gehen. . . Und dann begann nach einigen Schweigen Mama Bézuquet, sich selbst begleitend:

»Robert, du, den ich liebe
und dem ich Treue schwor,
du siehst meine Angst
(wiederholt: du siehst meine Angst).
Gnade für dich
und Gnade für mich!«

Leise sagte sie dann: »Los, Tartarin!«, und Tartarin von Tarascon streckte den Arm aus, ballte die Faust, blähte die Nüstern und schrie dreimal mit fürchterlicher Stimme, die wie Donner in den Tiefen des Klaviers nachgrollte: »Nein! nein! nein!« Aber er sprach es in seinem schönen südlichen Dialekt, und so klang es wie: ›Neun! neun! neun!‹ Worauf Mama Bézuquet wieder einfiel:

»Gnade für dich
und Gnade für mich!«

»Neun! neun! neun!« heulte Tartarin noch viel lauter, und damit war es aus. Man sieht, es dauerte nicht lange. Aber wie warf er das hin! Wie mimte er das! Was war er für ein dämonischer Teufel! Ein Schrecken schüttelte die Leute in der Apotheke, und er mußte seine ›Neun! neun! neun!‹ vier-, fünfmal nacheinander wiederholen. Sodann trocknete sich Tartarin die Stirn, lächelte den Damen zu, zwinkerte zu den Herren hinüber und ging im Triumph ab. Ging in den Klub und sagte lässig: »Ich komme von Bézuquets. Hab das Duett aus ›Robert der Teufel‹ gesungen!« Und das Schönste war, daß er es wirklich glaubte. . .

›Die‹!

Solchen so vielfältigen Gaben dankte Tartarin von Tarascon seine Stellung in der Stadt. Und es ist erwiesen, daß dieser Teufelskerl alle Welt für sich einzunehmen verstanden hatte. In Tarascon war die Armee für Tartarin. Der tapfere Major Bravida, Hauptmann des Monturendepots im Ruhestand, sagte von ihm: »Das ist ein Karnickel!« Und der Hauptmann kannte sich natürlich mit den Leuten aus, denn er hatte hübsch vielen die Uniform angemessen. Die Obrigkeit war für Tartarin. Zwei- oder dreimal hatte der alte Präsident Ladevèze in offener Sitzung von ihm gesagt: »Das ist ein Charakter!« Und auch das Volk war für Tartarin. Seine breiten Schultern, sein Gang, sein ganzes Wesen, dieses zuversichtliche Wesen eines braven Trompeterpferdes, das sich im Lärm nicht fürchtet, der Ruf seines Heldentums, der ihm irgendwoher angeflogen war, dazu einige gute Groschen, die er den Schuhputzerbuben vor seinem Haus gegeben hatte (er konnte sie gelegentlich auch beuteln): genug, er war der reiche Lord Seymour im Ort, war der König der Hallen von Tarascon. Wenn Tartarin am Sonntagabend von der Jagd kam, die enganliegende Barchentweste trug und die Mütze über den Gewehrlauf gestülpt hatte, da neigten sich an der Uferlände der Rhône die Lastträger in Verehrung.

Und sie zeigten einander mit den Augen die mächtigen Wölbungen der Muskeln auf seinem Arm. Und bewundernd flüsterte einer dem anderen zu: »Da schaut, der ist stark!. . . Der hat Doppelmuskeln. . .«
›Doppelmuskeln!‹ Das versteht man nur in Tarascon!
Und doch, trotz allem, und mitsamt seinen vielen Fähigkeiten, den Doppelmuskeln, der Gunst des Volkes und der Hochschätzung des tapferen Majors Bravida, zuvor Hauptmanns im Monturendepot: es freute Tartarin nicht recht; dieses Leben in der Kleinstadt lastete auf ihm, es erstickte ihn. Der große Mann von Tarascon langweilte sich in Tarascon. Wahrhaftig, für eine Heldennatur wie die seine, für einen tollen Abenteurer, der nur von Schlachten träumte, von Ritten in den Pampas, von großen Jagden, vom Wüstensand und vom Taifun, für den war es eben nichts, Sonntag für Sonntag auf Mützen zu jagen und die übrige Zeit beim Waffenhändler Costecalde Recht zu sprechen. . . Armer, teurer, großer Mann! Wenn das so weitergegangen wäre, es hätte ihn aufgezehrt.
Umsonst umgab er sich, seine Kreise zu erweitern, den Klub, den Markt ein wenig zu vergessen, umsonst mit Riesenbäumen und anderem afrikanischem Gewächs, umsonst stapelte er Waffen auf Waffen, malaiische Krise auf malaiische Krise; umsonst pfropfte er die Bücher der Abenteurer in seinen Kopf, versuchte er, sich wie der unsterbliche Don Quijote durch die Gewalt seiner Träume den Krallen der unerbittlichen Wirklichkeit zu entreißen. . . Ach, alles, was er tat, um seinen Durst nach Erlebnissen zu löschen, diente nur dazu, ihn noch mehr anzufachen. Der Anblick aller seiner Waffen brachte ihn wieder und wieder in einen Zustand von Wut und Erregung. Seine Büchsen, seine Pfeile, seine Lassos riefen ihm immer von

neuem zu: ›Kampf! Zum Kampf!‹ Und durch die Zweige seines Baobabs wehte der Wind der fernen Länder und gab ihm üblen Rat. Dazu Gustave Aimard und Fenimore Cooper...

Oh, wenn Tartarin so an schwülen Nachmittagen im Sommer allein inmitten seiner Schwerter beim Lesen war, wie oft sprang er da auf und brüllte, wie oft warf er sein Buch hin, stürzte er zur Wand, riß eine Trophäe herab! Der arme Mann vergaß, daß er daheim in Tarascon war, in Unterhosen und mit einem Seidenhäubchen auf dem Kopf; er setzte vielmehr die Geschichten aus seinen Büchern in Erlebnisse um, berauschte sich an dem Klang der eigenen Stimme, schwang eine Hacke oder einen Tomahawk und schrie: »Die sollen jetzt nur kommen!« Die? Ja, wer denn? Nun, Tartarin wußte es selber nicht. ›Die!‹ Das war alles, was angreift; alles, was kämpft; alles, was beißt; alles, was kratzt; alles, was skalpiert; alles, was heult; alles, was brüllt... ›Die!‹ Das war der Siouxindianer, der um den Marterpfahl tanzt, an den der unglückliche Weiße gefesselt ist. Das war der graue Bär der Rocky Mountains, der herantappt und sich mit blutiger Zunge leckt. Das war der Targi der Wüste, der malaiische Pirat, der Bandit der Abruzzen... ›Die‹, ja, das waren eben ›die‹. Also Krieg, Reisen, Abenteuer, Ruhm...

Aber ach, der unerschrockene Mann aus Tarascon hatte gut rufen und herausfordern! ›Die‹ kamen nicht. Ja, zum Teufel, was hätten sie auch in Tarascon anfangen sollen? Tartarin aber wartete immer auf ›die‹. Besonders am Abend, wenn er in den Klub ging.

Wie Tartarin in den Klub ging

Der Tempelritter, der sich zu einem Ausfall gegen die ungläubigen Belagerer vorbereitet, der chinesische ›Tiger‹, der sich zur Schlacht rüstet, der Krieger der Komantschen, der den Kriegspfad betritt, sie alle sind nichts gegen Tartarin von Tarascon, wenn er sich des Abends um neun, eine Stunde nach dem Zapfenstreich, von Kopf bis zu den Füßen wappnet, um in den Klub zu gehen.
›Schiff klar zum Gefecht!‹, wie die Matrosen sagen.
In die linke Hand nahm Tartarin eine Keule mit eisernen Spitzen, in die rechte einen Stockdegen, in die linke Tasche einen Schlagring, in die rechte einen Revolver. Auf der Brust trug er, zwischen Rock und Hemd, einen malaiischen Kris. Aber auch nicht einmal nahm er einen vergifteten Pfeil; das sind zu unehrliche Waffen!...
Bevor er ging, übte er sich ein wenig in der Stille und im Dunkel seines Kabinetts, machte einen Ausfall, zielte gegen die Wand, ließ seine Muskeln spielen; dann nahm er seinen Hausschlüssel und schritt durch den Garten, gemessenen Ganges, ohne sich zu beeilen. Wie die Engländer, meine Herrschaften, wie die Engländer; das ist der richtige Mut! Am Ende des Gartens

öffnete er die schwere eiserne Tür. Er öffnete sie jäh und mit aller Wucht, so daß sie nach außen gegen die Mauer schlug... Wenn ›die‹ dahintergesteckt hätten, es hätte einen Brei gegeben!... Leider waren sie nicht dahinter.
War nun die Tür offen, so trat Tartarin hinaus, spähte rasch nach rechts und nach links, warf die Tür ins Schloß und sperrte zweimal ab. Dann zog er los.
Auf der Straße nach Avignon war keine Katze mehr zu sehen. Die Tore waren geschlossen, die Fenster dunkel. Finsternis überall. Hin und wieder schimmerte einmal eine Laterne durch den Nebel der Rhône... Stolz und ruhig ging Tartarin von Tarascon in dieses Dunkel, ließ die Hacken im Takt aufklappen und schlug mit der eisernen Spitze seines Stockes Funken aus dem Pflaster. Und ob es Straßen, Gassen oder Gäßchen waren, er hielt sich sorgsam immer in der Mitte der Fahrbahn; eine ausgezeichnete Vorsichtsmaßregel, so kann man die Gefahr herankommen sehen und (das ist die Hauptsache) dem entgehen, was am Abend in den Straßen von Tarascon manchmal aus den Fenstern geworfen wird. Es darf aber niemand glauben, daß Tartarin bei all seiner Vorsicht etwa Angst gehabt hätte...
Nein! er nahm sich nur in acht.
Der beste Beweis, daß Tartarin keine Angst hatte, ist der, daß er nicht etwa über den Korso in den Klub ging, sondern durch die Stadt, also auf einem großen Umweg, durch ein Winkelwerk von dunklen Gassen, an deren Ende die Rhône unheimlich blinkte. Der Arme hoffte immer noch, ›die‹ würden plötzlich aus dem Düster eines dieser Räuberwinkel hervorstürmen und ihn meuchlings überfallen. Na, sie wären gut empfangen worden, dafür stehe ich euch... Aber ach!

das Schicksal trieb seinen Spott mit ihm. Nie, aber auch schon nie hatte Tartarin das Glück, daß ihm etwas Übles begegnete. Nicht einmal einen Betrunkenen traf er. Nichts!
Zwar gab es manchmal blinden Lärm. Ein Hall von Schritten, von gedämpften Stimmen. . . ›Achtung!‹ rief sich Tartarin zu und blieb wie angewachsen stehen, spähte in die Dunkelheit, nahm dem Gegner den Wind weg und lehnte sein Ohr an die Erde, wie es die Indianer taten. Die Schritte kamen näher. Die Stimmen wurden deutlicher. Kein Zweifel: ›die‹ kamen; jetzt waren sie da! Schon duckte sich Tartarin, mit funkelnden Augen, keuchend, wie der Jaguar vor dem Sprung, bereit, mit lautem Kriegsgeschrei hervorzubrechen. . . Da hörte er mit einemmal aus dem Dunkel wohlvertraute Stimmen, die ihm in der behaglichen Sprache von Tarascon zuriefen: »Je, je, der Tartarin! Na, gute Nacht, Tartarin!«
Verdammt, es war der Apotheker Bézuquet samt Familie. Sie hatten ihre Romanze bei den Costecaldes gesungen. . . »Guten Abend! Guten Abend!« brummte Tartarin, wütend über sein Ungemach, schwang seinen Stock und tauchte wilden Sinnes in die Nacht.
War er zum Klub gekommen, so wartete der unerschrockene Mann von Tarascon einen Augenblick und ging noch vor der Haustür auf und ab, bevor er eintrat. Endlich hatte er es satt, auf ›die‹ zu warten; er wußte, sie würden sich nicht zeigen. Und so warf er einen letzten herausfordernden Blick ins Dunkel und murmelte wütend: »Nichts! Nichts! Niemals nie nichts!«
Sodann trat der Wackere ein und spielte sein Bésigue mit dem Major.

Der andere Tartarin

Aber wie war es möglich, daß Tartarin von Tarascon bei solcher Sucht nach Abenteuern, solchem Drang nach starken Erregungen, solchem närrischen Verlangen nach Reisen, nach Fahrten, nach Streifereien niemals aus Tarascon herausgekommen war?
Denn das ist einmal Tatsache. Der unerschrockene Mann aus Tarascon war jetzt fünfundvierzig Jahre alt; aber er hatte nicht ein einziges Mal außerhalb seiner Vaterstadt geschlafen, er hatte nicht einmal die berühmte Reise nach Marseille getan, die sich jeder rechte Provenzale zu seiner Großjährigkeit leistet. Vielleicht kannte er gerade noch Beaucaire, und doch ist Beaucaire so gar nicht weit von Tarascon; man muß ja nur über die Brücke hinüber. Aber gerade diese Teufelsbrücke ist so oft vom Wind weggetragen worden, sie ist so lang und so überaus gebrechlich, und die Rhône ist dort so breit. . . Man versteht mich. Tartarin von Tarascon zog es eben vor, festen Boden unter den Füßen zu haben.
Ich muß es doch heraussagen: es gab in unserem Helden zwei ganz verschiedene Wesenheiten. ›Ich spüre zwei Menschen in mir‹, hat irgendein Kirchenvater gesagt. Wie recht hätte er erst bei Tartarin gehabt, den die Seele des Don Quijote bewegte, der gleiche Geist des Rittertums, das gleiche heldische Ideal, der

gleiche Hang zum romantisch Gewaltigen. Aber zu seinem Unglück hatte er nicht auch den Körper des ruhmreichen Hidalgos, diesen knochigen, mageren Körper, diesen gleichsam nur scheinbar vorhandenen Körper, über den das wirkliche Leben keine Macht hatte, einen Körper, der es aushielt, zwanzig Nächte mit umgeschnalltem Harnisch zuzubringen und achtundvierzig Stunden von einer Handvoll Reis zu leben ...

Der Tatarin hatte einen bieder-braven Leichnam, dick, faul, empfindlich, verwöhnt, wehleidig, mit bürgerlichen Ansprüchen und häuslichen Neigungen, hatte den dickbäuchigen, kurzbeinigen Leib des unsterblichen Sancho Pansa.

Don Quijote und Sancho Pansa in einer Person! Versteht sich, daß das eine böse Wirtschaft gab! O diese Kämpfe! Dieses Hinundhergezerr! Oh, da hätte Lukian, hätte Saint-Evremond einen schönen Dialog schreiben können, ein Gespräch zwischen den beiden Tartarins, dem Tartarin-Quijote und dem Tartarin-Sancho! Tartarin-Quijote begeistert sich an den Erzählungen von Gustave Aimard und ruft: »Ich reise!« Tartarin-Sancho denkt nur ans Gliederreißen dabei und sagt: »Ich bleibe!«

Tartarin-Quijote (schon ganz aufgeregt): »Bedecke dich mit Ruhm, Tartarin!«

Tartarin-Sancho (sehr ruhig): »Tartarin, bedecke dich mit Flanell!«

Tartarin-Quijote (immer aufgeregter): »O diese herrlichen doppelläufigen Gewehre! Ha, Dolche, Lassos, Mokassins!«

Tartarin-Sancho (noch ruhiger): »Ach, die guten gestrickten Westen, die schönen warmen Strümpfe! Die prächtigen Mützen mit Ohrenklappen!«

Tartarin-Quijote (außer sich): »Eine Axt! Man reiche mir eine Axt!«
Tartarin-Sancho (klingelt dem Dienstmädchen): »Jeanette, meine Schokolade!«
Darauf kommt Jeanette mit einer herrlichen Schokolade. Die ist so warm, so schön mohrenbraun, so duftig, und die Anisschnitten sind so lecker, daß Tartarin-Sancho vergnüglich lachen muß; dem Tartarin-Quijote aber wird der Mund gestopft. Und so ist es zugegangen, daß Tartarin von Tarascon niemals aus Tarascon herausgekommen ist.

Die Europäer in Schanghai Der Großhandel - Die Tataren Tartarin von Tarascon ein Lügner? - Wahn...

Aber einmal war Tartarin schon drauf und dran zu reisen, und das wäre eine große Reise geworden. Da hatten sich nämlich drei Brüder Garcio-Camus aus Tarascon in Schanghai niedergelassen; die trugen ihm die Leitung eines ihrer Geschäfte dort unten an. Ja, und das war wohl das Leben, das er gebraucht hätte. Ansehnliche Unternehmungen, eine Menge von Angestellten, die zu leiten waren, Verbindungen mit Rußland, mit Persien, mit der asiatischen Türkei, und dann der Großhandel an sich.

Im Munde eines Tartarin hatte schon das bloße Wort ›Großhandel‹ eine solche Größe! ...

Außerdem hatte das Haus Garcio-Camus den Vorteil, daß es gelegentlich von Tataren heimgesucht wurde. Dann verriegelte man schleunigst die Türen. Die Angestellten griffen alle zu den Waffen, die Fahne des Konsulats wurde gehißt, und piff, paff! knallte man durch die Fenster auf die Tataren.

Mit welcher Begeisterung sich Tartarin-Quijote auf diesen Vorschlag stürzte, brauche ich gar nicht zu sagen; aber leider hatte Tartarin-Sancho gerade

taube Ohren, und da er der Stärkere war, wurde aus dem Unternehmen nichts. In der Stadt redete man sehr viel davon. Wird er reisen? Wird er nicht reisen? Wetten wir, daß er es tut; wetten wir, daß nicht ... Es war ein Ereignis. Nun, und schließlich reiste Tartarin nicht. Aber trotzdem trug es ihm viel Ehre ein. Er wäre beinahe nach Schanghai gegangen. Das genügte für Tarascon. Man hatte so viel über Tartarins Reise gesprochen, daß man schließlich glaubte, er sei schon zurückgekommen, und abends baten ihn alle Herren im Klub um Auskünfte über das Leben in Schanghai, über die Gepflogenheiten, über das Klima, über das Opium und über den Großhandel.
Tartarin war durchaus unterrichtet. Er erklärte gern und ganz genau, was man fragte. Und auf die Dauer wußte der wackere Mann selber nicht mehr, ob er nicht am Ende doch nach Schanghai gegangen war. Und als er dann zum hundertstenmal den Überfall der Tataren erzählte, sagte er schon ganz geläufig: »Da laß ich also meine Angestellten zu den Waffen greifen, hisse die Fahne des Konsulats, und piff, paff! knallen wir durch die Fenster auf die Tataren.« Der Klub vernahm es und erschauerte. Aber dann war doch dieser Tartarin ein ganz abscheulicher Lügner? Nein, und tausendmal nein. Tartarin war kein Lügner.
Doch. Er mußte doch wissen, daß er nie nach Schanghai gegangen war.
Das freilich, das wußte er. Nur...
Also hört einmal gut zu. Es ist Zeit, daß wir uns ein für allemal darüber klarwerden. Die Leute im Norden werfen denen im Süden immer vor, daß sie lügen. Und die Leute im Süde lügen nicht, in Marseille sowenig wie in Nîmes und in Toulouse und in Taras-

con. Der Südländer lügt nicht, er erliegt einer Täuschung. Er sagt nicht immer die Wahrheit, aber er glaubt sie zu sagen. Seine Lüge ist also keine Lüge, sondern ein Wahn, hervorgerufen durch eine Art Fata Morgana.
Jawohl, Fata Morgana!... Und um das recht zu verstehen, gehe man nach dem Süden und sehe selber. Sehe dieses verteufelte Land, in dem die Sonne alles verwandelt, alles vergrößert. Diese kleinen Hügel der Provence sind nicht höher als die Butte Montmatre; aber sie werden einem riesengroß vorkommen. Die Maison Carrée in Nîmes, ein Juwel, das man sich ins Zimmer stellen möchte, wird so groß wie Notre-Dame. Man muß das eben sehen. Wenn es im Süden einen Lügner gibt, so gibt es einen einzigen: die Sonne. Was sie beleuchtet, wird übergroß! Was war denn Sparta zur Zeit seines Glanzes? Ein kleiner Flecken... Was war Athen? Ein Provinznest... Und in der Geschichte erscheinen sie als ungeheuere Städte. Das hat die Sonne angestellt...
Und dann wundert man sich noch, wenn diese selbe Sonne in Tarascon aus einem ausgedienten Hauptmann des Monturendepots namens Bravida den tapferen Major Bravida macht; aus einer Rübe einen Baobab; und aus einem Mann, der einmal nach Schanghai gehen sollte, einen Mann, der dort gewesen ist.

Die Menagerie Mitaine
Ein Löwe aus dem Atlas in Tarascon
Furchtbar-feierliche Begegnung

Nun habe ich Tartarin von Tarascon in seinem bürgerlichen Leben gezeigt, so wie er war, ehe ihm der Ruhm die Stirn geküßt und seinen Scheitel mit unvergänglichem Lorbeer geschmückt hatte; nun habe ich von diesem Leben eines Helden in seinem bescheidenen Kreise erzählt, von seinen Freuden und Leiden, von seinen Träumen und Hoffnungen. Und nun möchte ich ungesäumt zu dem entscheidenden Abschnitt in seiner Geschichte kommen, zu dem sonderbaren Ereignis, das der Anlaß war, ihn seiner unvergleichlichen Bestimmung zuzuführen.

Es war eines Abends beim Waffenhändler Costecalde, und Tartarin von Tarascon war eben dabei, einigen Liebhabern die Einrichtung des Zündnadelgewehrs zu zeigen, das damals noch ganz neu war. . . Plötzlich öffnet sich die Tür, ein Mützenjäger stürzt atemlos in den Laden und ruft: »Ein Löwe! Ein Löwe! . . . »Alles erstarrt, erschrickt, verbirgt sich, lärmt. Tartarin fällt das Bajonett, Costecalde rennt zur Tür und verschließt sie. Man umringt den Jäger, man befragt, man bestürmt ihn, und man vernimmt: die Menagerie Mitaine kommt vom Jahrmarkt in Beaucaire zurück und hat sich entschlossen, einige Tage in Tarascon zu bleiben. Sie schlägt soeben auf dem Schloßplatz ihre Zelte auf und hat eine Menge Schlangen, Robben, Krokodile und auch einen herrlichen Löwen vom Atlas mitgebracht.

Ein Löwe aus dem Atlas in Tarascon! Niemals seit Menschengedenken hatte man etwas Ähnliches gesehen. Stolz sahen die braven Mützenjäger einander an. Ein Leuchten ging über die männlichen Gesichter, und in allen Winkeln von Costecaldes Laden drückte man sich schweigend die Hände. Die Erregung war so groß, sie kam so unerwartet, daß keiner ein Wort fand . . .

Nicht einmal Tartarin. Bleich, erschüttert, das Zündnadelgewehr noch immer in der Hand, stand er ganz versunken vor dem Ladentisch . . . Ein Löwe aus dem Atlas, dort, ganz nahe, keine zwei Schritte entfernt! Ein Löwe! Das heldenmütigste, das gewaltigste Tier, der König alles wilden Getiers, das Bild seiner Träume, so ungefähr der Erste Held in den prächtigen Spielen seiner Phantasie. . . Ein Löwe! Götter, Götter! . . . Und vom Atlas noch dazu!!! Das war mehr, als der große Tartarin ertragen konnte.

Auf einmal schoß eine Welle von Blut über sein Gesicht. Seine Augen blitzten. Mit einer krampfhaften Bewegung warf er das Zündnadelgewehr über die Schulter, wandte sich zu dem tapferen Major Bravida, zuvor Hauptmann im Monturendepot, und sprach mit Donnerstimme: »Major, das müssen wir sehen!«

»O je! O je! Und mein Gewehr? Sie tragen ja mein Zündnadelgewehr weg!« wagte noch ängstlich der vorsichtige Costecalde zu bemerken. Aber Tartarin war schon um die nächste Ecke, und alle Mützenjäger hatten sich ihm angeschlossen.

Als sie zu der Menagerie kamen, waren schon viele Leute da. Das Volk von Tarascon, ein Volk von Helden, aber seit langem aller aufregenden Schaustellungen entwöhnt, hatte sich auf die Bude von Mitaine nur so gestürzt, hatte sie im Sturm genommen. Die dicke Frau Mitaine war denn auch sehr zufrieden. In einem Kabylenkostüm, die Arme bis zum Ellenbogen entblößt und mit eisernen Armbändern geschmückt, in der einen Hand eine Reitpeitsche, in der anderen ein gerupftes, aber noch lebendes Huhn, so empfing die hohe Frau die Bewohner von Tarascon vor ihrer Bude, und da sie, auch sie, Doppelmuskeln hatte, so fand sie fast soviel Beifall wie ihre Pfleglinge ...

Tartarin, der mit der Flinte über der Schulter eintrat, erregte großen Schrecken. Alle diese braven Leute von Tarascon, die ganz ruhig vor den Käfigen auf und ab gingen, ohne Waffen, ohne jedes Mißtrauen, ja ohne eine Ahnung von einer Gefahr, wurden von Entsetzen erfaßt; und das war nur natürlich, wenn der große Tartarin die Bude mit seinem gewaltigen Kriegswerkzeug betrat. Es gab also etwas zu fürchten, wenn er, dieser Held ... In einem Augenblick war der Raum vor den Käfigen leer. Kinder schrien in ihrer Angst, Frauen starrten auf die Tür. Der Apotheker Bézuquet verschwand; um sein Gewehr zu holen, wie er sagte ...

Aber allmählich beruhigte die Haltung Tartarins alle Gemüter. Stolz und erhobenen Hauptes schritt der Held von Tarascon langsam die Bude ab, ging ohne Aufenthalt an dem Bassin der Robbe vorbei, warf einen Blick voll Verachtung auf die lange Kiste mit

Kleie, darin die Boa ihr rohes Huhn hinabschlang, und stellte sich zuletzt breit vor den Löwenkäfig hin. Furchtbar-feierliche Begegnung! Der Löwe von Tarascon und der Löwe vom Atlas, einer dem anderen gegenüber! Auf der einen Seite Tartarin, aufrecht, mit krampfhaft geraden Knien, die beiden Arme auf seine Flinte gestützt; auf der anderen der Löwe, ein gewaltiger Löwe, auf sein Stroh hingestreckt, mit blinzelnden Augen und stumpfem Ausdruck, den mächtigen Kopf mit der gelben Mähne auf die Vorderpranken lehnend. Beide sahen einander ruhig an. Aber merkwürdig! Sei es, daß ihn das Zündnadelgewehr reizte, sei es, daß er einen Feind seiner Art witterte: der Löwe, der bis dahin die Leute von Tarascon mit königlicher Verachtung betrachtet und ihnen allen ins Gesicht gegähnt hatte, der Löwe wurde plötzlich vom Zorn gepackt. Er schnaubte, murrte dumpf, zeigte seine Krallen, streckte seine Pranken aus; dann erhob er sich, schob den Kopf ein wenig in die Höhe, schüttelte seine Mähne, öffnete den gewaltigen Rachen und brüllte Tartarin ganz furchtbar an. Ein Schreckensschrei antwortete ihm. Das Volk von Tarascon stürzte wie wahnsinnig zu den Türen. Alle, Frauen, Kinder, Lastträger, Mützenjäger, selbst der tapfere Major Bravida ... Nur Tartarin von Tarascon wich nicht vom Fleck. Da stand er, starr, entschlossen, vor dem Käfig, mit funkelnden Augen und mit jenem grimmig verzerrten Gesicht, das die ganze Stadt kannte. Als dann im nächsten Augenblick die Mützenjäger, durch seine Haltung und durch die Festigkeit der Gitterstäbe einigermaßen beruhigt, näher an ihren Häuptling heranrückten, hörten sie, wie er, immer mit dem Blick auf den Löwen, vor sich hin sprach:

»Das, ja das wäre eine Jagd!«
An diesem Tage sagte Tartarin von Tarascon nichts weiter.

Der Wahn und seine höchst besondere Wirkung

An diesem Tage sagte Tartarin von Tarascon nichts weiter; ach, er hatte schon zuviel gesagt!
Vom nächsten Morgen an sprach die ganze Stadt nur noch von der nahen Abreise Tartarins nach Algier zur Löwenjagd. Meine lieben Leser sind alle Zeugen dafür, daß der brave Mann kein Wort davon geredet hatte; aber sie wissen auch, der Wahn, die Sonne . . .
Kurzum, ganz Tarascon sprach nur noch von der Reise. Auf dem Korso, im Klub, bei Costecalde fragte man einander ganz aufgeregt:
»No alsdann, wißt's halt das Neueste?«
»No alsdann? Halt der Tartarin fahrt weg.«
In Tarascon fängt nämlich jeder Satz ungefähr so wie mit einem ›No alsdann‹ an (gesprochen wie alstern), und es kommt mindestens ein ›halt‹ drin vor. An diesem Tage aber dröhnte es noch weit mehr als sonst von ›alsdann‹ und ›halt‹, daß schon fast die Fenster klirrten.
Am meisten von allen in der Stadt war aber Tartarin überrascht, als er hörte, daß er nach Afrika reisen sollte. Doch da kann man sehen, was Eitelkeit ver-

mag! Statt einfach zu sagen, daß er nicht daran denke zu reisen und daß er nie daran gedacht habe, sagte der gute Tartarin, als man ihm zuerst mit dieser Reise kam, nur so halb ausweichend: »Ja, ja . . . schon möglich . . . ich verrate nichts!« Das zweitemal, mit dem Gedanken ein wenig mehr vertraut: »Wahrscheinlich.« Das drittemal: »Gewiß.«

Am Abend endlich, im Klub und bei den Costecaldes, stieg ihm der Eierpunsch zu Kopf und das Beifallsgebrüll und das viele Licht. Und der Eindruck, den die Mitteilung in der Stadt gemacht hatte, verwirrte ihn vollends. Und so teilte der Unglückliche in aller Form mit, er habe es satt, auf Mützen zu schießen, und werde binnen kurzem im Atlas Löwen jagen gehen . . .

Ein donnerndes Hurra begrüßte diese Mitteilung. Dann gab es neuen Eierpunsch, gab es Händedrücke und Umarmungen und zuletzt einen Fackelzug und ein Ständchen vor dem Hause mit dem Baobab. Es währte bis Mitternacht.

Oh, war der Tartarin-Sancho unzufrieden! Er schauderte schon bei dem Gedanken an eine Reise nach Afrika und an die Löwenjagd; und als er heimkam, machte er noch bei den Klängen des Ständchens unterm Fenster dem Tartarin-Quijote einen fürchterlichen Auftritt, nannte ihn verrückt, einen Hansguck-in-die-Luft, einen Deppen, einen dreimal eingefangenen Narren und zählte ihm der Reihe nach alle Unglücksfälle auf, die ihn bei dieser Expedition treffen würden: Schiffbruch, Zipperlein, hitziges Fieber, Ruhr, Beulenpest, Elephantiasis und noch einiges dazu. Vergebens beteuerte Tartarin-Quijote, er werde keine Dummheiten machen, er werde sich warm anziehen und alles Nötige mitnehmen: Tartarin-Sancho

wollte es nicht hören. Der arme Kerl sah sich schon von Löwen zerfetzt und vom Wüstensand verschlungen wie den seligen Kambyses, und der andere Tartarin konnte ihn nur mühsam beschwichtigen, indem er ihm auseinandersetzte, daß das mit der Reise ja nicht gleich sein müsse, daß man keine Eile habe und daß sie überhaupt noch lange nicht abgefahren seien. Und in der Tat, es ist doch klar, daß man eine solche Reise nicht antritt, ohne einige Vorsicht walten zu lassen. Zum Teufel auch, man muß doch wissen, wohin man geht! Man kann doch nicht einfach wegfliegen wie ein Vogel!

Vor allen Dingen mußte der Held von Tarascon die Berichte der großen Afrikaforscher lesen, die Erzählungen eines Mungo Park, Caillié, Livingstone, Henri Duveyrier; und da sah er, daß sich diese unerschrokkenen Pfadfinder, ehedenn sie in ihre Reiseschuhe schlüpften, um Fahrten in die Ferne zu unternehmen, von langer Hand gewöhnt hatten, Hunger, Durst, Gewaltmärsche, Entbehrungen aller Art auszuhalten. Das wollte ihnen nun Tartarin nachmachen, und vom selben Tage an nährte er sich nur noch von Spitalsuppe. Spitalsuppe nennt man in Tarascon einen Aufguß von heißem Wasser mit ein paar Schnitten Brot, ein wenig Knoblauch, Thymian und Lorbeer. Daran hielt er sich streng; und man kann sich denken, was der arme Sancho dabei für Gesichter schnitt. Zu diesem Suppentraining fügte Tartarin andere wohldurchdachte Übungen. So zwang er sich, um sich an lange Märsche zu gewöhnen, jeden Morgen sieben- bis achtmal hintereinander durch die Stadt zu laufen, bald ganz schnell, bald im Dauerschritt, die Ellenbogen am Leib und zwei weiße Kiesel im Mund, wie das die Alten getan hatten.

Dann ging er, um sich an die Kühle der Nacht, an Tau und Nebel zu gewöhnen, Abend für Abend in seinen Garten hinab und blieb da bis gegen zehn, ja bis gegen elf Uhr; ganz allein, nur durch sein Gewehr beschützt, stand er hinter dem Baobab auf dem Anstand. Auch sahen die Mützenjäger, solange noch die Menagerie Mitaine in Tarascon war, wenn sie sich abends bei Costecalde verspätet hatten, auf dem Schloßplatz im Dunkeln einen Mann, der geheimnisvoll hinter der Bude auf und ab ging. Das war Tartarin von Tarascon, der es dahin bringen wollte, in dunkler Nacht den Löwen brüllen zu hören, ohne zu zittern.

Vor der Abreise

Wenn sich so Tartarin nach Heldenart in jeder Weise stählte, ruhten die Augen von ganz Tarascon auf ihm; für etwas anderes hatte man keinen Sinn mehr. Die Mützenjagd kam beinahe ab, die Romanzen verstummten. Beim Apotheker Bézuquet verschmachtete das Klavier unter seinem grünen Überzug und diente nur noch als Unterlage für die spanischen Fliegen, die darauf rücklings zum Trocknen lagen. Das Unternehmen Tartarins hatte alles andere stillgelegt. Was der Held von Tarascon in den Salons für Erfolge hatte, das mußte man einfach sehen. Man stritt sich um ihn, man riß sich um ihn, man entlieh, man stahl ihn einander. Es gab keine größere Ehre für die Damen, als am Arm Tartarins in die Menagerie Mitaine zu gehen und sich vor dem Löwenkäfig erklären zu lassen, wie man diese Ungetüme jagt, sich sagen zu lassen, wohin man zielen muß, auf wieviel Schritte, und ob es dabei viel Unglück gäbe, und so weiter. Tartarin erklärte alles, was man wissen wollte. Er hatte (aus den Büchern von Jules Gérard) alles im kleinen Finger, so als ob er bei den Löwenjagden dabeigewesen wäre. Und er sprach von diesen Dingen mit großer Beredsamkeit. Aber am feurigsten war er doch abends beim Präsidenten Ladevèze oder auch bei dem tapferen Major Bravida, zuvor Hauptmann im Monturendepot, wenn man so nach dem Essen Kaffee brachte und alle Stühle herangerückt wurden. Dann bat man ihn, von seinen künftigen Jagden zu sprechen. Und der Held erzählte. Er stützte den Arm auf den gedeckten Tisch, ließ die Nase in seine Mokkatasse sinken und schilderte mit bewegter Stimme alle die Gefahren, die da unten auf ihn warteten. Er schilderte, wie er in langen Vollmondnächten auf dem Anstand ausharren würde, schilderte die Sümpfe und ihren Pesthauch, erzählte, wie das Laub der Oleanderbäume die Flußläufe vergifte, sprach von Schnee- und Sonnenbrand, von Skorpionen und von Heuschreckenschwärmen; er beschrieb die Lebensweise der Löwen im Atlas, ihre Art zu kämpfen, ihre beispiellose Kraft und ihre Wildheit in der Brunstzeit. Und er geriet bei seiner eigenen Erzählung ins Feuer, stand auf, sprang in die Mitte des Eßzimmers und ahmte das Gebrüll des Löwen nach, den Lärm des Schusses, piff, paff!, das Pfeifen der Sprengkugeln, bum, bum! Er schlug um sich, er schrie, er warf Stühle um; und um den ganzen Tisch erbleichte alles. Die Männer blickten einander an und schüttelten die Köpfe, die Damen schlossen die Augen und stießen Rufe des Entsetzens aus, die alten Herren schwangen kriegerisch ihre langen Stöcke, und im Nebenzimmer fuhren bei dem Gebrüll und bei den Schüssen die kleinen Jungen aus dem Schlafe auf, die man früher zu Bett gebracht hatte. Sie kriegten große Angst und riefen nach Licht.

Und bei alledem reiste Tartarin nicht ab.

Degenstiche, meine Herren! Degenstiche! Aber keine Nadelstiche!

Hatte er denn eigentlich die Absicht zu reisen? Eine heikle Frage, die zu beantworten Tartarins Biograph in einige Verlegenheit käme. Genug, die Menagerie Mitaine hatte Tarascon seit mehr als drei Monaten verlassen, und der Löwentöter rührte sich nicht. Vielleicht verlockte diesen kindlich reinen Helden nach alledem, was wir schon wissen, eine neue Fata Morgana zu einem neuen Wahn: vielleicht lebte er in dem guten Glauben, er sei schon in Algier gewesen. Vielleicht hatte er schon so oft von seiner Jagd erzählt, daß er selber glaubte, er habe sie mitgemacht; so wie er ganz bestimmt daran glaubte, daß er die Fahne des Konsulats gehißt und, piff, paff!, auf die Tataren in Schanghai geschossen habe.
Aber welches Unglück: Wenn diesmal auch Tartarin von Tarascon dem Wahn zum Opfer fiel, den anderen in Tarascon ging es nicht ebenso. Als sie nach drei Monaten Wartezeit bemerkten, daß der Jäger noch nicht einmal einen Koffer gepackt hatte, begannen sie zu murren.
»Es wird so gehen wie mit Schanghai!« sagte Costecalde mit einem Lächeln. Und das Wort des Waffen-

händlers rannte wie ein Lauffeuer durch die Stadt. Niemand glaubte mehr an Tartarin. Die Einfältigen, die Feiglinge, die Leute wie Bézuquet, die jeder Floh in die Flucht jagen konnte und die beim Schießen immer die Augen zudrückten, die waren besonders unerbittlich. Im Klub, auf der Esplanade kamen sie auf Tartarin zu und fragten mit verhaltenem Spott: »No alsdann, wann geht's denn los?«

Im Laden bei Costecalde bildete seine Überzeugung nicht mehr das Recht. Die Mützenjäger verleugneten ihren Häuptling! Es kam zu bissigen Versen. Der Präsident Ladevèze, der in seinen freien Stunden der Muse der Provence gelegentlich den kleinen Finger hinhielt, dichtete ein Liedchen im Dialekt; es wurde sehr bekannt. Da war die Rede von einem großen Jäger, dem Herrn Gervais, dessen fürchterliches Gewehr alle Löwen von Afrika mit Stumpf und Stiel ausrotten sollte. Aber dieses verdammte Gewehr hatte eine merkwürdige Eigenschaft: man lud es immer, aber es ging nie los.

›Es ging nie los!‹ Merkt einer die Anspielung?

Im Handumdrehen war das Lied Gemeingut; und wenn Tartarin vorüberging, sangen die Lastträger am Ufer so gut wie die kleinen Stiefelputzer vor seiner Haustür im Chor:

»Das Gewehr vom Herrn Gervais,
das ist geladen und schwer und groß.
Das Gewehr vom Herrn Gervais
ist immer geladen und geht nie los.«

Nur sangen sie es in gehöriger Entfernung, wegen der Doppelmuskeln.

O wie wankelmütig ist doch die Volksgunst in Tarascon! Der große Mann tat, als sähe er nichts, als höre er nichts; aber im Grunde kränkte ihn dieser Klein-

krieg der versteckten Bosheit; er merkte, wie sich ihm Tarascon entwand, wie sich die Neigung des Volkes anderen zukehrte, und er litt entsetzlich darunter. Ach, vor der warmen Schüssel des Ruhms ist gut sitzen; aber wenn sie umfällt, verbrennt man sich!

Seinem Kummer zum Trotze trug Tartarin ein Lächeln zur Schau und lebte ruhig sein Leben weiter, als ob nichts geschehen wäre. Manchmal freilich fiel unvermutet diese fröhlich-unbekümmerte Maske, die sein Stolz vorgenommen hatte. Dann zeigte sich statt des Lächelns Empörung und Schmerz. So geschah es eines Morgens, als die kleinen Stiefelputzer wieder das Lied vom Gewehr des Herrn Gervais vor seinem Fenster sangen. Die Stimmen der Niedertracht drangen bis in das Gemach des großen Mannes, der sich eben vor dem Spiegel rasierte. (Tartarin trug einen Vollbart, aber der wuchs sehr rasch, und er mußte ihn öfters abscheren.) Plötzlich öffnete sich das Fenster mit einem Ruck, und Tartarin ward sichtbar, im Hemd, ein Tuch um die Haare gebunden und mit eingeseiftem Gesicht; er schwang Rasiermesser und Seifenschale und schrie mit fürchterlicher Stimme: »Degenstiche, meine Herren! Degenstiche! Aber keine Nadelstiche!«
Ein schönes, ein denkwürdiges Wort. Aber warum wurde es zu Buben gesprochen, nicht größer als ihr Schuhwichskasten, zu Kavalieren, die einen Degen gar nicht halten konnten?

Was das Häuschen mit dem Baobab hören mußte

Inmitten dieses allgemeinen Abfalls hielt nur die Armee treu zu Tartarin. Der tapfere Major Bravida, zuvor Hauptmann im Monturendepot, behandelte ihn immerfort mit gleicher Hochachtung. »Er ist ein Karnickel«, sagte er, und dabei blieb es auch. Und ich denke, das galt soviel wie das Gerede des Apothekers Bézuquet. Nicht ein einziges Mal hatte der tapfere Major auf die Reise nach Afrika angespielt; als aber der Unwille des Volkes allzu groß wurde, entschloß er sich zu reden.

Eines Abends war der unglückliche Tartarin allein in seinem Kabinett und hatte seine traurigen Gedanken. Da kam der Major herein, ernst, in schwarzen Handschuhen und bis an den Hals zugeknöpft.

»Tartarin«, sagte er, straff wie einst als Hauptmann (da gab's keinen Widerspruch), »Tartarin, du mußt reisen!« Und er stand noch immer in der Tür, groß und unerschütterlich wie die sittliche Forderung.

Was lag nicht alles in diesem ›Tartarin, du mußt reisen‹! Tartarin verstand.

Ganz blaß stand er auf, sah sich mit gerührtem Blick in diesem hübschen Raum um (und es war so heimelig darin, so schön warm, so angenehm hell; der breite

Lehnstuhl war so bequem; und die Bücher und die Teppiche und die großen weißen Vorhänge an den Fenstern und dahinter die schwanken Zweiglein im Gärtchen!), schritt auf den tapferen Major zu, nahm seine Hand, drückte sie heftig und sagte mit einer Stimme, in der die Tränen zitterten, aber mit stoischer Ruhe: »Ja, Bravida, ich reise.« So hatte er's versprochen. Und er reiste. Nur nicht gleich ... Er brauchte doch Zeit, um alles herzurichten.

Zuerst bestellte er bei Bompard zwei große Koffer mit Messingbeschlägen und einer großen Tafel mit der Aufschrift:

Tartarin aus Tarascon
Waffenkiste

Beschlag und Gravierung brauchten lange Zeit. Er bestellte auch bei Tastavin ein prächtiges Album, in das er sein Tagebuch, seine Reiseeindrücke schreiben wollte; denn auch wenn man sich hauptsächlich der Löwenjagd widmet, man hat auf Reisen doch auch sonst noch seine Gedanken.

Dann ließ er aus Marseille eine ganze Schiffsladung Konserven kommen, Pemmikan in Tafeln, um Suppe zu bereiten, ein Patentzelt neuester Erfindung, in einer Minute aufzustellen und zu zerlegen, Seemannsstiefel, zwei Schirme, einen Regenmantel und eine blaue Brille gegen Augenentzündungen. Schließlich stellte ihm der Apotheker Bézuquet noch eine Taschenapotheke zusammen. Die war bis an den Rand gefüllt mit Heftpflaster, Arnika, Kampfer und Viermänneressig gegen die Pest.

Armer Tartarin! Das alles besorgte er gar nicht für sich; aber er hoffte, durch solche Fürsorge und durch allerhand zarte Aufmerksamkeiten den Zorn des Tartarin-Sancho zu beschwichtigen, der, seitdem nun die Reise beschlossen war, bei Tag und Nacht unaufhörlich tobte.

Abreise

Endlich war er da, der festliche Tag!
Kaum graute der Morgen, so war ganz Tarascon auf den Beinen; alles drängte sich auf der Straße nach Avignon und verstellte den Zugang zu dem Häuschen mit dem Baobab. An den Fenstern, auf den Dächern, auf den Bäumen gab es Leute: Schiffer von der Rhône, Lastträger, Schuhputzer, Bürgervolk, Mädel aus den Webereien und Spinnereien, der ganze Klub, die ganze Stadt; dazu noch Leute aus Beaucaire, die über die Brücke gekommen waren, Gärtner aus der Umgebung, Volk in Planwagen, Winzer auf ihren kräftigen Maultieren, die mit Bändern, Quasten, Schellen, Schleifen und Glöckchen herausgeputzt waren; hier und da sogar ein paar hübsche Kinder aus Arles mit blauen Bändern im Haar; ein jedes saß mit dem Liebsten auf dem gleichen Tier, einem kleinen Grauschimmel aus der Camargue.
Diese ganze Menge drängte und stieß sich vor Tartarins Tür. Der gute Herr von Tartarin! Der ging jetzt auf die Löwenjagd nach Türkien! Für Tarascon bildet nämlich ganz Algier, Afrika, Griechenland, Persien und die Türkei samt Mesopotamien, all das zusammen bildet ein einziges großes Fabelreich, und das heißt Türkien.

Mitten in diesem Wirrwarr gingen die Mützenjäger hin und her. Sie strahlten im Triumph ihres Meisters, und wohin sie kamen, da blieb ein Leuchten von dem Ruhm zurück.

Vor dem Hause mit dem Baobab standen zwei große Karren. Von Zeit zu Zeit ging die Tür auf, und dann sah man einige Gestalten im Gärtchen gewichtig auf und ab schreiten. Männer trugen Koffer, Schlafsäcke herbei und luden sie auf die Karren. Bei jedem neuen Stück Gepäck ging es wie ein Schauder durch die Menge. Jedes einzelne rief man laut aus: »Das ist das Zelt . . . das sind die Konserven . . . die Apotheke . . . die Waffenkiste.« Und die Mützenjäger gaben Erklärungen dazu.

Auf einmal, gegen zehn Uhr, entstand eine große Bewegung in der Menge. Die Gartentür fuhr heftig um ihre Angeln.

»Er kommt! Er kommt!« rief man.

Ja, er war es . . . Er trat über die Schwelle. Zwei Rufe des Staunens und des Schreckens erschollen aus der Menge:

»Das ist der Türke!«

»Er trägt eine Brille!«

Und wirklich hatte Tartarin von Tarascon geglaubt, es sei schicklich, für die Reise nach Algier die Tracht des Landes anzulegen. Er trug also eine breite Pluderhose von weißer Leinwand, eine enganliegende Jacke mit metallenen Knöpfen und einen roten Gürtel von zwei Fuß Breite um den Leib. Der Hals war frei, die Haare kurzgeschnitten. Er hatte eine riesengroße Chechia (das ist ein roter Fes) mit noch viel größerer blauer Quaste aufgesetzt . . . Dazu kamen noch zwei mächtige Gewehre, über jeder Schulter eins, ein großes Jagdmesser am Gürtel, eine Patronentasche über dem Bauch, und an der Hüfte baumelte ein Revolver in einem Lederfutteral. Das war aber auch alles. O Verzeihung, da hätte ich beinahe die Brille vergessen, eine ungeheure blaue Brille, so recht danach angetan, das allzu wilde Aussehen unseres Helden in sanfterem Lichte erscheinen zu lassen.

»Hoch Tartarin! Hoch Tartarin!« brüllte das Volk. Der große Mann lächelte, aber er grüßte nicht, seine beiden Gewehre behinderten ihn; und dann, er wußte jetzt, was von der Gunst des Volkes zu halten war; vielleicht verfluchte er im Grunde seines Herzens diese schrecklichen Mitbürger, die ihn zwangen fortzureisen, sein liebes Heim mit den weißen Mauern, mit den grünen Fensterläden zu verlassen ... Aber er verriet sich nicht.

Stolz und ruhig, wenn auch etwas blaß, trat er auf die Straße, musterte seine Karren und schlug, da er alles in Ordnung fand, unbekümmert den Weg zum Bahnhof ein, ohne sich auch nur ein einziges Mal nach dem Hause mit dem Baobab umzukehren. Ihm folgte der tapfere Major Bravida, früher Hauptmann im Monturendepot, der Präsident Ladevèze, der Waffenhändler Costecalde mit allen Mützenjägern, dann die Karren und zuletzt das ganze übrige Volk.

Vor dem Bahnhof empfing ihn der Stationsvorsteher, ein alter Afrikaner von 1830, und drückte ihm mehrmals herzhaft die Hand. Der Schnellzug Paris-Marseille war noch nicht angekommen. Tartarin und sein Stab traten in die Warteräume. Um ein Gedränge zu verhüten, ließ der Stationsvorsteher hinter ihnen die Gittertüren schließen. Während einer Viertelstunde ging Tartarin in den Sälen hin und her, inmitten der Mützenjäger. Er redete von seiner Reise, von seinen Jagden und versprach, Felle nach Hause zu schicken;

man ließ sich dafür bei ihm vormerken wie für einen Kontertanz. Ruhig und sanft wie Sokrates, ehe er den Schierlingsbecher trank, hatte der unerschrokkene Tartarin ein gutes Wort für jeden, ein Lächeln für alle Welt. Er gab sich schlicht und liebenswürdig, als wolle er bei seiner Abreise nur ehrliches Bedauern, nur die freundlichsten Erinnerungen hinterlassen. Als sie ihren Meister so sprechen hörten, traten allen Mützenjägern die Tränen in die Augen, und einige bekamen Gewissensbisse, wie der Präsident Ladevèze und der Apotheker Bézuquet. In jedem Winkel weinte einer vom Personal. Draußen drängte die Menge hinter dem Gitter, um etwas zu sehen, und schrie ununterbrochen: »Hoch Tartarin«

Endlich läutete die Glocke. Ein dumpfes Rollen, ein schriller Pfiff über dem dröhnenden Viadukt ...

»Einsteigen! Einsteigen!«

»Leb wohl, Tartarin ... Leb wohl, Tartarin!«

»Lebt alle wohl!« murmelte der große Mann und küßte und umarmte den tapferen Major Bravida und damit das ganze liebe Tarascon. Dann stürzte er in den Zug, gerade in einen Wagen, der von Pariser Damen ganz besetzt war. Die erschraken auf den Tod, als ein so sonderbarer Mensch mit soviel Gewehren und Revolvern hereingeschneit kam.

Der Hafen von Marseille
Hinaus aufs Meer!

Am 1. Dezember 186 . ., um die Mittagszeit eines provenzalisch sonnigen Wintertags und bei leuchtend heiterem Himmel, kriegten die Leute in Marseille einen schönen Schrecken. Auf der Canebière zeigte sich ein Türke, na, und was für ein Türke! So einen hatten sie noch nicht gesehen; und es geschieht doch, weiß Gott, nicht selten, daß ein Türke in Marseille herumläuft!

Besagter Türke war – muß ich das erst sagen? – natürlich Tartarin, der große Tartarin aus Tarascon. Er ging den Kai entlang (und es wurden ihm die Waffenkisten, die Apotheke, die Konserven nachgetragen) zum Ladeplatz der Compagnie Touache. Von dort sollte ihn das Paketboot ›Zuave‹ hinüberbringen. Er hatte noch die Ohren voll von der Begeisterung in Tarascon; und nun der leuchtende Himmel und die Luft vom Meer: das gab fast einen Rausch. Verklärten Angesichts zog Tartarin dahin, erhobenen Hauptes, die Gewehre geschultert; und er schaute mit großen Augen die Wunder des Hafens von Marseille, den er zum ersten Male sah. Er war geblendet. Der gute Mann glaubte zu träumen. Es kam ihm vor, als sei er Sindbad der Seefahrer, als irre er in einer jener

zauberhaften Städte umher, die in Tausendundeiner Nacht geschildert sind.
Da war, kreuz und quer, ein unabsehbares Gewirr von Masten und Rahen; und Flaggen aller Länder wehten im Wind, russische, griechische, schwedische, tunesische, amerikanische ... Die Schiffe standen bis an den Rand des Kais und ragten mit dem Bugspriet über die Böschung wie eine Front von Bajonetten. Darunter fanden sich dann die Najaden, die Göttinnen, die Heiligen Jungfrauen und andere Gebilde aus bemaltem Holz; die gaben dem Schiffe den Namen. Alles das war vom Salzwasser angefressen, war zerstört, verwittert, verschimmelt. Hier und da sah man zwischen den Schiffen ein Stück Meer wie einen großen Fetzen Tuch mit Ölflecken. Auf den Rahen und im Tauwerk saßen Scharen von Möwen und bildeten ein zierliches Muster gegen den blauen Himmel; Schiffsjungen trieben sich herum und lärmten in allen Sprachen. Auf dem Kai, nur durch die Abwässer der Seifenfabriken getrennt, die dicke grüne und schwärzliche Fluten, untermischt mit Fett und Soda, wälzten, gab es ganze Völker von Zollbeamten, Dienstmännern und Lastträgern. Droschken mit kleinen korsischen Pferden standen wartend dabei.
Kleiderlager mit sonderbarem fertigem Zeug, verräucherte Buden, in denen die Seeleute kochten, Pfeifenhändler, Händler mit Affen, mit Papageien, mit Seilen und Segeltuch, ein ungeheurer Trödelmarkt, ein wirres Durcheinander von alten Feldschlangen, von großen vergoldeten Laternen, von alten Winden, von alten, halb verrosteten Ankern, von altem Tauwerk, alten Flaschenzügen, alten Sprachrohren, von Seeferngläsern aus der Zeit eines Jean Bart und Duguay-Trouin ... Verkäuferinnen von allerhand

Muscheln hockten und kreischten bei ihren Körben. Matrosen liefen vorbei und trugen Kessel mit Teer und mit dampfendem Essen und mächtige Körbe mit Seetieren, die sie im milchigen Wasser der Brunnen waschen wollten.

Überall eine märchenhafte Fülle von Gütern aller Art: Seidenstoffe, Erze, Holz zum Verflößen, Blei in Stangen, Tuch in Ballen, Zucker, Johannisbrot, Raps, Süßholz, Zuckerrohr: Orient und Okzident in buntem Durcheinander. Dazu gewaltige Mengen von Holländer Käse, den Genueserinnen mit der Hand rot anstrichen.

Dort drüben der Getreidehafen. Lastträger schütten ihre Säcke von hohen Gerüsten herab aufs Ufer. Das Korn stürzt wie ein goldener Fall in einer hellen Staubwolke herab. Männer in rotem Fes lassen es, Maß für Maß, durch große Siebe aus Eselshäuten fließen und laden es auf Karren, die dann wegfahren, begleitet von einem ganzen Regiment von Weibern und Kindern mit Besen und Sammelkörben. Weiterhin das Werftbecken. Große Schiffe liegen auf der Seite und werden mit brennendem Gesträuch abgesengt und so von den Seepflanzen gesäubert. Die Rahen tauchen ins Wasser. Beklemmender Teergeruch; ein Lärm, daß man taub werden könnte, wenn die Zimmerer einen Schiffsrumpf mit großen Kupferplatten beschlagen.

Hin und Wieder zwischen den Masten eine lichte Stelle. Da sah dann Tartarin die Hafeneinfahrt. Unaufhörlich kamen und verschwanden Schiffe. Eine englische Fregatte stach in See, nach Malta; sie war zierlich von Wuchs und frisch gewaschen, und die Offiziere trugen gelbe Handschuhe. Eine große Brigg aus Marseille lichtete die Anker; alles schrie und fluchte, und auf dem Achterdeck stand der dicke Kapitän mit langem Rock und Seidenhut und gab seine provenzalischen Kommandos. Manche Schiffe flogen nur so fort; sie hatten alle Segel gesetzt. Andere fuhren, noch ziemlich fern, ganz langsam heran, und wenn man von der Sonne geblendet war, hätte man glauben können, daß sie aus der Luft kämen.

Und immerzu ein entsetzliches Getöse, ein Rattern von Karren, ein Ho und He von den Schiffen her, ein Geschrei, ein Geheul, das Pfeifen der Dampfer, die Trommeln und Trompeten vom Fort Saint-Jean und vom Fort Saint-Nicolas, die Glocken von La Major, von Les Accoules, von Saint-Victor. Und der Mistral! Der nahm diesen ganzen Lärm, dieses ganze Gebrüll auf, warf es durcheinander, schüttelte es, mischte seine eigene Stimme drein und brachte eine wahre Narrenmusik heraus, eine wilde, grausame Musik. So bläst man Helden zum Abschied, wenn sie ausziehen ... Ja, das macht einem Lust zu reisen, das weckte Sehnsucht nach der Ferne, das gab Flügel!

Bei solchen wunderbaren Klängen ging der unerschrockene Tartarin von Tarascon an Bord. Und fuhr nach dem Lande der Löwen!

In Türkien

Die Überfahrt - Der Fes in fünf verschiedenen Lagen Am Abend des dritten Tages Zu Hilfe!

Ich wäre gern ein Maler, lieber Leser, ja, ein großer Maler, um dir hier zu Beginn des zweiten Abschnittes vor Augen zu führen, wie der Fes unseres Tartarin von Tarascon in den drei Tagen der Überfahrt in sehr verschiedene Lagen geriet. Solches widerfuhr ihm an Bord des ›Zuaven‹, zwischen Frankreich und Algier. Ich würde ihn dir zuerst bei der Abfahrt zeigen, oben auf Deck, wie er stolz den Helden schmückte, gleichsam ein Strahlenkranz um dieses edle Haupt aus Tarascon. Dann würde ich ihn dir zeigen, als der ›Zuave‹ den Hafen verließ und auf den Wogen zu schwanken begann: ich würde dir zeigen, wie er da erschauerte, erschrak und fast schon den ersten Anfall seines Leidens ahnte. Dann solltest du ihn im Löwengolf sehen. Es geht immer weiter hinaus aufs hohe Meer, es kommen immer härtere Seen, und der Sturm packt den Fes. Er bäumt sich entsetzt über dem Haupt des Helden, und die große Quaste von blauer Wolle sträubt sich in Sturm und Gischt! Vierte Lage: sechs Uhr abends, die korsische Küste in Sicht. Der unglückliche Fes beugt sich über das Geländer des

Schiffs und betrachtet und mißt klagend das Meer ... Und fünfte und letzte Lage: in einer engen Kabine wälzt sich etwas, was man nicht deutlich erkennen kann, auf einem schmalen Bett, das eher wie eine Schublade aussieht; trostlos stöhnt es vom Kissen. Und der Fes, der sich bei der Abfahrt so tapfer gehalten hatte, ist jetzt zur gemeinen Nachtmütze herabgesunken. In die wühlt sich ein bleicher, schmerzgeplagter Kranker bis über die Ohren hinein.

Ach, hätten doch die Leute von Tarascon ihren großen Tartarin gesehen, wie er im traurig-fahlen Licht der Luken in seiner Lade lag, dem schalen Geruch der Speisen und des feuchten Holzes ausgesetzt, dem gräßlichen Geruch auf diesem Schiff! Hätten sie ihn bei jeder Drehung der Schraube wimmern hören und alle fünf Minuten Tee verlangen und dem Aufwärter mit schwacher Kinderstimme fluchen ... Oh, sie hätten es bereut, daß sie ihn zur Reise genötigt hatten! Ich sage es als sein Biograph: der arme Türke tat einem leid. Das Übel hatte ihn ganz plötzlich ergriffen, und der Unglückselige hatte nicht mehr die Kraft gehabt, seinen afrikanischen Gürtel zu öffnen und sein Waffenlager abzuräumen. Das Jagdmesser mit dem mächtigen Griff zerdrückte ihm die Brust, die Gurte der Revolvertasche quetschten ihm die Beine. Und Tartarin-Sancho mit seinem Gekreisch gab ihm den Rest. Der ächzte und schimpfte unaufhörlich: »Na, du Trottel! Ich hab dir's gesagt! Aber du hast nach Afrika gehen müssen. Jetzt hast du dein Afrika. Wie gefällt's dir?«

Besonders grausam war es, daß der Unglückliche vom Schmerzenslager seiner Kabine aus die Passagiere im großen Salon hören mußte, die guter Dinge waren, schmausten, sangen und Karten spielten! Es gab viel fröhliches Volk an Bord des ›Zuaven‹. Da waren Offiziere, die zu ihrer Truppe fuhren, Damen vom Alkazar in Marseille, wandernde Komödianten, ein reicher Muselman auf der Heimreise von Mekka, ein Witzbold von einem montenegrinischen Prinzen, der die Späße der Ravel und Gil Pérès nachahmte … Nicht einer von allen denen hatte die Seekrankheit; und sie verbrachten ihre Zeit beim Champagner, mit dem Kapitän des ›Zuaven‹, einem braven dicken Lebemann aus Marseille, der in Algier und in Marseille einen Haushalt hatte und auf den fröhlichen Namen Barbassou hörte.

Tartarin von Tarascon hatte einen Zorn auf alle diese Schufte. Bei ihrer Ausgelassenheit spürte er sein Übel noch einmal so stark.

Da entstand am Nachmittag des dritten Tages eine ungewöhnliche Bewegung an Bord. Unser Held riß sich aus seiner langen Betäubung. Vorn läutete die Schiffsglocke. Man hörte die Matrosen in ihren schweren Stiefeln auf dem Verdeck hin und her laufen. »Maschine vorwärts! – Maschine rückwärts!« schrie die heisere Stimme des Kapitäns Barbassou. »Maschine halt!« Ein mächtiger Ruck, das Schiff stand still, und alles war vorbei … Noch wiegte sich das Paketboot ruhig nach beiden Seiten wie ein Ballon in der Luft.

Diese unheimliche Ruhe brachte den Mann aus Tarascon aus der Fassung. »Zu Hilfe!« brüllte er mit schrecklicher Stimme. »Wir gehen unter!« Und wie durch Zaubergewalt fand er sofort seine Kräfte wieder, sprang vom Lager auf und stürzte mit seiner Waffensammlung an Deck.

Auf! Zu den Waffen!

Das Schiff ging nicht unter, es legte an.
Der ›Zuave‹ war gerade in die Reede eingelaufen, eine schöne Reede mit dunklem, tiefem Wasser; nur war sie sehr still, ohne Leben, fast verlassen. Gegenüber auf einem Hügel lag das ›weiße‹ Algier mit seinen Häuschen von mattheller Farbe, die sich eines am andern gegen das Meer hinabziehen: die Bleiche einer Wäscherin auf dem Hügel von Meudon. Und darüber ein weiter Himmel von blauem Atlas. Oh, war das ein Blau!
Unser herrlicher Tartarin erholte sich ein wenig von seinem Schrecken und betrachtete das Land. Er hörte aufmerksam zu, wie der montenegrinische Prinz, der neben ihm stand, jedes Stadtviertel mit Namen nannte, die Kasbah, die Oberstadt, die Straße Bab-Azun. Das war ein gebildeter Mann, dieser montenegrinische Prinz; er kannte Algier genau und sprach geläufig Arabisch. Nun, Tartarin nahm sich vor, diese Bekanntschaft zu pflegen ... Plötzlich entdeckte der Mann aus Tarascon entlang der Brustwehr, an der sie lehnten, eine ganze Reihe von plumpen schwarzen Händen, die sich von außen angeklammert hatten. Fast im gleichen Augenblick hob sich der Krauskopf eines Negers vor ihm empor, und ehe er noch dazu

kam, den Mund zu öffnen, stürzten von allen Seiten etliche hundert schwarze und braune halbnackte, häßliche, furchtbare Seeräuber aufs Deck.
Diese Seeräuber kannte Tartarin ... Sie waren es, sie, ›die‹, die er so oft in der Nacht auf den Straßen von Tarascon gesucht hatte. Ha, endlich hatten sie gewagt, heranzukommen! ... Dennoch blieb er vor Überraschung zuerst wie angewurzelt stehen. Aber als er sehen mußte, wie sich die Seeräuber auf sein Gepäck stürzten, die Schutzleinwand herabrissen, die es bedeckte, mit einem Wort, das Schiff zu plündern begannen, da erwachte der Held in ihm. Er zog sein Jagdmesser aus der Scheide, schrie den Passagieren zu: »Auf! Zu den Waffen!« und rückte allen voran gegen die Piraten.
»Was is? Was haben S' denn?« rief der Kapitän Barbassou, der eben vom Zwischendeck heraufkam.
»Ah, da sind Sie, Kapitän! Schnell, schnell, geben Sie Ihren Leuten Waffen!«
»Herrgott, zu was denn?«
»Aber Sie sehen doch!« – »Ja, was soll ich denn sehen?« –
»Da, vor Ihren Augen die Seeräuber!«
Der Kapitän Barbassou schaute ihn ganz verdutzt an. In diesem Augenblick rannte ein langer schwarzer Teufel an ihnen vorbei und schleppte die Apotheke des Helden auf dem Rücken fort. »Du Schuft ... bleib stehn!« heulte der Mann aus Tarascon, schwang seine Klinge und stürzte sich auf ihn. Barbassou erwischte ihn im Flug und hielt ihn am Gürtel fest. »So sein S' doch ruhig, Donnerwetter! ... Das sind doch keine Räuber ... Hier gibt's schon lange keine Räuber mehr ... Das sind doch Träger!«
»Träger? ...«

»No ja, Träger. Sie holen das Gepäck und bringen es ans Land. Also stecken S' Ihr großes Messer ein, geben S' mir Ihr Billett und gehen S' schön hinter dem Neger her. Er ist ein braver Kerl und führt Sie hinüber, wenn Sie wollen, sogar bis zum Hotel!«

Etwas verwirrt gab Tartarin sein Billett ab, folgte dem Neger und stieg über eine Falltreppe in ein großes Boot, das neben dem Schiff schaukelte. Sein ganzes Gepäck war darin, seine Koffer, seine Waffenkiste, seine Konserven; und da das Boot damit gerade ausgefüllt war, brauchten sie nicht auf andere Passagiere zu warten. Der Neger kroch auf das Gepäck und kauerte sich dort, die Knie mit den Armen umschlingend, wie ein Affe nieder. Ein anderer Neger ruderte. Alle beide glotzten zu Tartarin herüber, grinsten und zeigten ihre weißen Zähne.

Am Heck stand aufrecht der große Mann von Tarascon und machte das entsetzliche Gesicht, vor dem sie sich bei ihm zu Hause alle fürchteten. Sein Jagdmesser hielt er krampfhaft am Griff fest. Denn Barbassou hatte gut reden; er glaubte ihm doch nur die Hälfte und mochte diesen schwarzen Trägern gar nicht recht trauen. Die anständigen Träger in Tarascon sahen doch anders aus ...

Fünf Minuten später stieß das Boot ans Land, und Tartarin setzte seinen Fuß auf jenen kleinen Kai am Berberstrande, wo drei Jahrhunderte zuvor ein spanischer Galeerensklave, Miguel de Cervantes, vom Prügel der Aufseher bedroht, einen herrlichen Roman ersonnen hatte: den Don Quijote.

Anrufung des Cervantes
Landung
Wo sind die Türken?
Kein Türke - Enttäuschung

O Miguel de Cervantes Saavedra! Wenn es wahr ist, was man sagt, daß an Stätten, wo große Männer weilten, ein Hauch von ihrem Geiste übrigbleibt und noch bis ans Ende der Tage in den Lüften nachzittert, dann mußte, was noch von dir vorhanden ist am Berberstrand, vor Freude erbeben, als Tartarin von Tarascon sein Boot verließ, diese herrliche Verkörperung des Südfranzosen, diese Wiedergeburt der beiden Helden deines Buches, des Don Quijote und des Sancho Pansa...

Es war ein warmer Tag. Der Kai leuchtete in der Sonne. Fünf, sechs Zollbeamte waren da, Leute von Algier, die auf Neuigkeiten aus Frankreich warteten, etliche Mauren, die hingekauert ihre langen Pfeifen rauchten, und Seeleute aus Malta mit großen Netzen, in deren Maschen Tausende von Sardinen schimmerten wie kleine Silberstücke. Aber kaum hatte Tartarin den Fuß aufs Land gesetzt, so wurde der Kai lebendig und sah gleich anders aus. Eine Schar von Wilden, noch viel häßlicher als die Seeräuber vom

Schiff, sprang zwischen den Kieseln am Strande empor und stürzte sich auf den Ankömmling. Langmächtige Araber, nur mit einer wollenen Decke bekleidet, kleine zerlumpte Mauren, Neger, Tunesier, Inselleute, Mozabiten, Hotelburschen in weißen Schürzen: alle schrien, brüllten, packten ihn an den Kleidern, rauften sich um sein Gepäck, der eine nahm die Konserven, der andere die Apotheke, und dabei warfen sie ihm in einem phantastischen Kauderwelsch die Namen von ganz unwahrscheinlichen Hotels an den Kopf. . . Der arme Tartarin, ganz dumm von all dem Lärm, rannte hin und her, schimpfte, fluchte, schlug um sich, lief dem Gepäck nach und hielt ganze Ansprachen, hielt sie, weil er doch nicht wußte, ob ihn diese Barbaren verstehen würden, auf französisch, auf provenzalisch und sogar auf lateinisch. (Es war übrigens das Latein des Herrn von Pourceaungnac: rosa, die Rose; bonus, bona, bonum. . . mehr wußte er nicht.) Verlorene Mühe. Niemand hört auf ihn. Zu seinem Glück kam ein kleiner Mann in einer Uniform mit gelbem Kragen herbei, schwang einen tüchtigen Stock und teilte wie ein homerischer Gott das Getümmel, indem er die ganze Bande mit Schlägen auseinandertrieb. Das war ein algerischer Schutzmann. Sehr höflich riet er Tartarin, im Hotel de l'Europe abzusteigen, und übergab ihn den Bediensteten dieses Hauses. Und sie führten ihn denn auch weg, ihn und, auf mehreren Wagen, sein Gepäck.

Schon bei den ersten Schritten in Algier machte Tartarin von Tarascon große Augen. Er hatte an eine orientalische Stadt gedacht, an etwas Feenhaftes und Märchenprächtiges, an irgendein Mittelding zwischen Konstantinopel und Sansibar. . . Und er fand alles wie in Tarascon. Cafés, Wirtschaften, breite Straßen,

vier Stock hohe Häuser, einen kleinen Platz mit Asphaltpflaster, auf dem die Kapelle eines Linienregiments Offenbach spielte, Herren, die ganz ordentlich dabeisaßen, Bier tranken und Kuchen aßen, Damen, Dämchen und Militär, Militär, nichts als Militär. Und nicht ein ›Türke‹! Er war der einzige. Er schämte sich auch ein bißchen, so über den Platz zu gehen. Alles schaute nach ihm. Die Regimentskapelle hörte sogar auf zu spielen, und die Polka von Offenbach blieb mitten in einem Hopser stecken.

Beide Gewehre geschultert, den Revolver umgeschnallt, wild, erhaben wie Robinson Crusoe, so ging Tartarin ernsten Schrittes mitten durch die angehäuften Menschen; aber als er das Hotel erreicht hatte, verließen ihn die Kräfte. Die Abfahrt von Tarascon, der Hafen von Marseille, die Überfahrt, der montenegrinische Prinz, die Piraten – das alles wälzte sich ihm wirr durch den Kopf. . . Man mußte ihn auf sein Zimmer bringen, ihm die Waffen abnehmen, ihn entkleiden. Und schon wollte man nach einem Arzt schicken, da begann der Held, ehe er noch recht in seinem Bette lag, so laut, so überzeugend zu schnarchen, daß der Wirt auf die Hilfe der Wissenschaft verzichten durfte und sich mit seinen Leuten behutsam entfernte.

Zum erstenmal auf dem Anstand

Es schlug drei Uhr vom Turm des Regierungsgebäudes, da erwachte Tartarin. Er hatte den ganzen Abend, die ganze Nacht, den ganzen Vormittag und selbst ein gutes Stück vom Nachmittag geschlafen. Aber was hatte auch der Fes seit drei Tagen alles mitgemacht! Als der Held die Augen aufschlug, war sein erster Gedanke: ›Ich bin im Reich der Löwen!‹ Ach, wozu es verschweigen? Als er sich das vorstellte, daß die Löwen ganz in der Nähe waren, keine zwei Schritte weit entfernt, beinahe mit den Händen zu greifen, daß er einigen würde den Garaus machen müssen, brr! . . . da lief es ihm eiskalt über den Rücken, und er kroch ungesäumt unter die Decke zurück. Aber im nächsten Augenblick hatte er schon seinen alten Heldenmut wieder. Draußen war so schönes Wetter, der Himmel war so blau, die helle Sonne strömte in sein Zimmer; ein gutes Frühstück wurde an sein Bett gebracht, durch das weit geöffnete Fenster drang die Seeluft herein, und er trank eine Flasche von dem ausgezeichneten Wein aus Crescia. »Ha«, rief er, »auf zur Löwenjagd!«, warf die Decke zurück und kleidete sich schleunigst an.

Er dachte sich das so: er würde keinem etwas sagen, die Stadt verlassen, mitten in die Wüste gehen, die Nacht abwarten, sich auf die Lauer legen und den ersten besten Löwen, piff, paff, niederknallen; dann am Morgen zum Frühstück ins Hotel de l'Europe zurückkommen, die Glückwünsche der Bevölkerung von Algier entgegennehmen und einen Karren mieten, um das Tier abzuholen.
Also bewaffnete er sich eilends, lud sich das zusammengerollte Zelt auf den Rücken (aber die dicke Zeltstange ragte mindestens fußbreit über seinen Kopf) und stieg, steif wie ein Stock, zur Straße hinab. Dort wollte er niemand nach dem Wege fragen, um seinen Plan nicht zu verraten, sondern machte einfach eine Wendung nach rechts und folgte den Arkaden von Bab-Azun bis zu ihrem Ende; und auf diesem Weg sahen ihm die vielen algerischen Juden nach, die wie Spinnen in einem Winkel ihrer düsteren Buden kauerten. Dann querte er den Platz beim Theater, kam durch die Vorstadt und schließlich auf die staubige Landstraße nach Mustapha.
Auf dieser Landstraße gab es ein tolles Durcheinander. Omnibusse, Droschken, kleine Karren (Corricoli), Lastwagen, Ochsengespanne mit mächtigen Fuhren Heu, Schwadronen der Chasseurs d'Afrique, Herden von winzig kleinen Eseln, Negerfrauen, die Kuchen verkauften, Wagen mit Auswanderern aus dem Elsaß, Spahis in ihren roten Mänteln, alles das schob sich in Wolken von Staub mit Geschrei, Gesang und Trompetenblasen zwischen zwei Reihen von schändlichen Baracken hindurch; vor den Türen kämmten sich große braune Weiber die Haare, Soldaten hockten in vollen Butiken, Fleischer und Abdecker besorgten ihre Geschäfte.

›Also was quatschen die vom Orient?‹dachte der große Tartarin bei sich. ›Hier sind nicht einmal soviel Türken wie in Marseille.‹ Aber auf einmal sah er ganz in seiner Nähe ein prächtiges Kamel vorüberziehen, die langen Beine weit ausstreckend und hochmütig wie ein Truthahn. Da bekam er Herzklopfen. Schon ein Kamel! Jetzt konnten die Löwen nicht mehr weit sein. Und wirklich kam ihm nach kaum fünf Minuten ein ganzer Trupp von Löwenjägern mit geschulterten Gewehren entgegen.

›Die Feiglinge‹, sprach unser Held bei sich, als sie neben ihm waren, ›die Feiglinge! Geht da eine ganze Bande auf die Löwenjagd, und mit Hunden!‹ (Denn es wäre ihm nie eingefallen, daß man in Algier auch etwas anderes als Löwen jagen könne.) Aber diese Jäger sahen überhaupt so harmlos, sahen wie pensionierte Geschäftsleute aus, und dann war diese Löwenjagd mit Hunden und Jagdtaschen etwas so Rückständiges, daß der Mann aus Tarascon, einigermaßen verärgert, einen der Herren daraufhin ansprechen mußte. »No also, Kamerad, gute Jagd gehabt?«

»Nicht grad schlecht!« sagte der und streifte mit entsetzten Blicken die gewaltige Ausrüstung des Kriegers von Tarascon. — »Sind Sie zum Schuß gekommen?« — »Aber natürlich. . . gar nicht selten . . . Schauen Sie nur!« Und der Jäger aus Algier zeigte auf seine Jagdtasche, die mit Kaninchen und Schnepfen ganz gefüllt war.

»Wie, Ihre Jagdtasche? Sie stecken sie in die Jagdtasche?« — »Ja, wohin denn sonst?« — »Aber dann sind es. . . dann sind es ganz kleine?« — »Kleine und größere«, sagte der Jäger. Und da er es eilig hatte, nach Hause zu kommen, brach er ab und holte mit großen Schritten seine Gefährten ein. Der unerschrokkene Tartarin blieb starr vor Staunen mitten auf der Straße stehen. Dann aber sagte er sich nach kurzer Überlegung: ›Bah, das sind Schwindler. Die haben gar nichts geschossen.‹ Und ging weiter.

Schon gab es weniger Häuser und weniger Leute. Die Nacht sank herab, man konnte nicht mehr deutlich sehen. Tartarin von Tarascon ging noch eine halbe Stunde lang weiter. Schließlich machte er halt. Es war stockfinster. Der Mond zeigte sich nicht, nur ungezählte Sterne funkelten. Die Straße war wie ausgestorben. Dennoch sagte sich unser Held, daß sich die Löwen schließlich nicht wie Postwagen auf der Landstraße herumtreiben. Und ging querfeldein. Bei jedem Schritt über Gräben, durch Hecken und Gestrüpp. Macht nichts, immer vorwärts!. . . Auf einmal blieb er stehen. »Hier riecht's nach Löwen«, sagte unser Held und witterte überallhin, wie er es gelernt hatte.

Piff, paff!

Er stand in einer weiten Öde, und ringsum starrte absonderliches Gewächs, dieses orientalische Gewächs, das bösen Tieren gleicht. Im ungewissen Schein der Sterne zerdehnten sich die Schatten auf dem Boden nach allen Richtungen. Rechts wurde undeutlich ein Bergzug sichtbar, wohl der Atlas, links rauschte dumpf das Meer. Recht eine Stelle für die wilden Bestien...

Tartarin legte ein Gewehr vor sich hin, nahm das andere zur Hand, stützte ein Knie auf die Erde und wartete. Er wartete eine, wartete zwei Stunden. . . nichts. Da erinnerte er sich aus seinen Büchern, daß die großen Löwentöter auf die Jagd immer ein Zicklein mitnahmen und einige Schritte vor sich anbanden; das zerrten sie dann mit einem Strick am Bein, daß es schrie. Nun hatte der Mann aus Tarascon aber kein Zicklein, und so gedachte er mit seiner eigenen Stimme solche Lockrufe vorzutäuschen. Alsbald begann er zu meckern: »Mä! Mäh!« Anfangs ganz leise, denn im Grunde seines Herzens hatte er doch ein bißchen Angst, der Löwe könnte ihn hören...

Als sich aber nichts zeigte, meckerte er stärker: »Mä-äh! Mä-äh!« Noch immer nichts! Er wurde ungeduldig und meckerte immer lauter und häufiger: »Mä-ä-äh! Mä-ä-äh! Mä-ä-h!« Und wurde schließlich so laut, daß seine Ziege schon eher an einen brüllenden Ochsen erinnerte.

Plötzlich erhob sich wenige Schritte vor ihm eine ungeheure schwarze Masse. Er wurde gleich still. Das Untier bückte sich, roch an der Erde, sprang auf, wälzte sich, rannte davon, kam zurück und blieb plötzlich stehen. Kein Zweifel, das war der Löwe! Jetzt sah man ganz deutlich die vier kurzen Tatzen, den gewaltigen Nacken und zwei Augen, zwei große Augen, die im Dunkel leuchteten. . . An! Feuer! Piff, paff! So, das war getan! Und nun zurückgesprungen und das Jagdmesser zur Hand!

Nach dem Schuß des Helden von Tarascon ertönte ein furchtbares Geheul. »Der hat's!« schrie der wakkere Tartarin und stellte sich stramm auf beide Beine, um die Bestie zu empfangen. Aber sie hatte mehr als genug und rannte mit Geheul in rasender Flucht davon. . . Er aber rührte sich nicht vom Fleck. Er wartete auf das Weibchen. Denn so stand es in seinen Büchern!

Aber das Weibchen kam nicht. Nachdem er zwei bis drei Stunden gewartet hatte, wurde der Mann von Tarascon müde. Der Boden war feucht, die Nacht wurde kühl, und vom Meere her wehte ein beißender Nordwind. ›Ich könnte mich bis zum Morgen hinstrecken‹, dachte er sich und wollte sein Zelt aufspannen, um sich gegen Rheumatismus zu schützen. . . Aber das war zum Teufelholen! Dieses Patentzelt war so wunderbar konstruiert, so wunderbar, daß er es durchaus nicht aufbringen konnte. Eine Stunde lang mühte und plagte er sich damit ab, aber das verdammte Zelt blieb geschlossen. Man weiß ja, es gibt Regenschirme, die einem gerade beim größten

Guß solche Streiche spielen. Des Kampfes müde, haute der Mann aus Tarascon das ganze Zeug auf die Erde, legte sich darauf und fluchte, wie nur ein Provenzale fluchen kann. Tatarata! Trara!
»Was ist denn?« rief Tartarin und war im Nu auf. Es waren die Trompeten der Chasseurs d'Afrique; sie bliesen in den Kasernen von Mustapha das Morgenrot an. . . Verwundert rieb sich der Löwentöter die Augen. . . Er hatte doch geglaubt, mitten in der Wüste zu sein! Nun, und wißt ihr, wo er war? In einem Artischockenbeet, und daneben war ein Beet mit Blumenkohl und eins mit roten Rüben.
In seiner Sahara gab es also Gemüse! Und ganz nahe, auf den grünen Anhöhen des oberen Mustapha, leuchteten weiße algerische Landhäuser im Morgentau: man hätte glauben können, bei Marseille zu sein, inmitten der Bastides und der Bastidons. Das Aussehen dieser erwachenden Landschaft, einer Landschaft für den bürgerlichen Nährstand, versetzte den guten Mann in Staunen und in gar üble Laune. . . ›Die Leute hier sind verrückt‹, dachte er, ›bauen ihre Artischocken im Gebiet der Löwen. Ich habe schließlich doch nicht geträumt. Die Löwen kommen bis hierher. . . Und da ist der Beweis!‹
Der Beweis bestand in einigen Flecken vom Blut der fliehenden Bestie, und über diese Spur gebeugt, kam der tapfere Tartarin, das Auge zur äußersten Wachsamkeit anspannend, den Revolver in der Hand, von einer Artischocke zur anderen und schließlich zu einem kleinen Haferfeld. Hier waren die Halme niedergetreten, eine Blutlache wurde sichtbar, und mitten drin lag auf der Seite mit einer großen Wunde am Kopf ein — nun ratet! ein . . .
»Doch wohl ein Löwe?«

Gefehlt! Ein Esel. Einer von den ganz kleinen Eseln, wie man sie in Algier überall findet. Man nennt sie dort Bourriquets.

Das Weibchen kommt
Fürchterlicher Kampf
›Wo sich die Kaninchen treffen‹

Zuerst regte sich in Tartarin beim Anblick seines unglücklichen Opfers der Ärger. Es ist ja auch wirklich ein ziemlicher Unterschied zwischen einem Löwen und einem kleinen Esel! Dann aber gab er sich nur noch dem Mitleid hin. Das arme Eselchen war ein so hübsches Tier, und es sah so gutmütig aus! Sein Fell war noch warm, es hob und senkte sich an den Flanken wie eine Welle. Tartarin kniete nieder und versuchte mit dem Ende seines türkischen Gürtels das Blut des unglücklichen Tieres zurückzuhalten; und man konnte kein rührenderes Bild ersinnen als dieses, wie sich der große Mann um den kleinen Esel bemühte. Bei der Berührung mit der weichen Seide des Gürtels öffnete das Eselchen, das noch grad für einen Groschen Leben in sich hatte, seine großen grauen Augen und wackelte zwei- oder dreimal mit den langen Ohren, als hätte es ›Danke!‹ sagen wollen. Dann lief ihm ein letztes Zucken über den ganzen Körper, und es rührte sich nicht mehr.

»Grauchen! Grauchen!« rief auf einmal eine Stimme in würgender Angst, und zugleich bewegten sich hinter einem nahen Gebüsch die Zweige. Tartarin hatte gerade noch Zeit aufzustehen und sich bereit zu halten. . . Es war das Weibchen! Es erschien mit furchtbarem Gebrüll in Gestalt einer alten Elsässerin mit großer Haube, schwang einen mächtigen roten Schirm und forderte seinen Esel von jedem Echo von Mustapha. Für Tartarin wäre es besser gewesen, wenn er es mit einer wütenden Löwin zu tun gehabt hätte als mit dieser bösen Alten. Umsonst versuchte der Unglückliche ihr begreiflich zu machen, wie alles geschehen war: daß er ihr Grauchen für einen Löwen gehalten hatte. . . Die Alte glaubte, er wolle sie zum besten haben, schrie in einem fort: »Der Teifel! der Teifel!« und stürzte wütend mit erhobenem Schirm auf unseren Helden. Tartarin verteidigte sich, so gut es bei seiner Verwirrung möglich war, parierte die Hiebe mit seinem Gewehr, sprang her und hin, kam in Schweiß, schnaufte und schrie: »Aber gnä'Frau,. . . gnä'Frau!«

Ja freilich, gnä' Frau! Gnä' Frau war taub und haute weiter drauflos. Zum Glück erschien eine dritte Person auf dem Schlachtfeld, der Mann der Elsässerin, selber Elsässer und Wirt, dabei ein guter Rechner. Der sah sofort, mit wem er es zu tun hatte und daß der Mörder nur den einen Wunsch hatte, sich mit einer Geldbuße loszukaufen. Also entwaffnete er seine Gemahlin, und man wurde handelseins. Tartarin bezahlte zweihundert Franken; der Esel konnte vielleicht zehn wert sein. Das ist so der übliche Preis eines Bourriquets auf den arabischen Märkten. Dann begrub man das arme Grauchen unter einem Feigenbaum, und der Elsässer, den das blinkende Gold aus Tarascon in gute Laune versetzt hatte, lud unseren Helden ein, in seinem Wirtshaus einen Bissen Brot zu

kosten. Es lag nur wenige Schritte weit an der Landstraße. Die Jäger von Algier kamen alle Sonntage auf ein Frühstück hin, denn es gab da viel Wild in der Ebene und auf zwei Meilen im Umkreis der Stadt nirgends mehr Kaninchen als hier in der Nähe.
»Und Löwen?« fragte Tartarin. Der Elsässer sah ihn sehr erstaunt an. »Löwen?« – »Ja, Löwen«, sagte der gute Mann, nicht mehr ganz so sicher... »Bekommen Sie die nicht manchmal auch zu sehen?«
Der Wirt begann weidlich zu lachen. »Löwen? Na, ich danke schön! Zu was denn die?«
»So gibt es keine in Algier?«
»Meiner Treu! Ich hab nie einen gesehen, und ich bin doch zwanzig Jahre im Land. Immerhin, ich glaube, ich habe davon gehört... Oder war's in der Zeitung? ... Aber das ist weit weg von hier, da unten wo, im Süden...«
Und damit waren sie bei dem Wirtshaus. Es war ein Vorortswirtshaus, das ganz gut bei Paris, etwa in Vanves oder Pantin, hätte stehen können, mit einem welken Zweig über der Tür und mit gemalten Billardstöcken an der Wand. Sein Schild trug die harmlose Aufschrift:

›Wo sich die Kaninchen treffen.‹

Kaninchen! O Bravida! Und daran soll man zurückdenken!

Geschichte von einem Omnibus, von einer Maurin und von einem Rosenkranz mit Jasmin

Dieses erste Abenteuer hätte manchen anderen abgeschreckt. Aber Tartarin war ein Mann von Eisen, der ließ sich nicht so leicht entmutigen. ›Die Löwen sind im Süden‹, sagte sich der Held; ›nun gut, so ziehe ich nach Süden.‹

Und kaum hatte er den letzten Bissen verschluckt, so erhob er sich, dankte seinem Wirt, umarmte ohne Groll die Alte, vergoß noch eine Träne über das unselige Geschick des Eselchens und machte sich rasch auf den Rückweg nach Algier, in der festen Absicht, seine Koffer zu packen und noch am selben Tage nach Süden aufzubrechen. Zu seinem Unheil schien die Landstraße von Mustapha seit gestern länger geworden zu sein. Und die Hitze! Und der Staub! Und das schwere Zelt!

Tartarin getraute sich nicht mehr, bis in die Stadt zu Fuß zu gehen, und so winkte er dem ersten vorbeifahrenden Omnibus und stieg ein.

Armer Tartarin von Tarascon! Wieviel besser wäre es für seinen Ruf, für seinen Ruhm gewesen, wenn er nicht in diesen verdammten Kasten gekrochen, sondern schön zu Fuß weitergegangen wäre, auf die Gefahr hin, in der drückenden Hitze unter dem Gewicht des Zeltes und der schweren Doppelbüchsen mit gezogenem Lauf zusammenzubrechen!

Tartarin stieg also ein, und nun war der Omnibus voll besetzt. Ganz drinnen saß ein Vikar aus Algier mit einem großen schwarzen Bart und versenkte die Nase in sein Brevier. Ihm gegenüber ein junger maurischer Kaufmann, der dicke Zigaretten rauchte. Dann war ein Matrose aus Malta da und vier oder fünf Maurinnen in weißen Schleiern, die nur die Augen frei ließen. Die Damen hatten ihre Andacht am Grab Abd el Kaders verrichtet; aber dieser Gräberbesuch schien sie nicht traurig gestimmt zu haben. Man hörte, wie sie unter ihren Hüllen lachten und scherzten und Backwerk knabberten.

Tartarin glaubte zu bemerken, daß sie ihn häufig ansahen. Besonders eine, die ihm gegenübersaß, starrte ihm unverwandt in die Augen und ließ ihn die ganze Zeit nicht los. Obwohl die Dame verschleiert war, sagte ihm doch dieses feurige dunkle Auge mit den verlängerten und dichter geschminkten Brauen, das schmale, anmutige, mit goldenen Armbändern geschmückte Gelenk ihrer Hand (man sah es manchmal durch den Schleier hindurch), der Klang ihrer Stimme, die lieblichen, fast kindlichen Bewegungen ihres Köpfchens, alles das sagte ihm, daß da etwas Junges, Schönes, Verehrungswürdiges verborgen sein mußte. Der unglückliche Tartarin wußte nicht mehr aus noch ein. Die stumme Zärtlichkeit dieser orientalischen Feueraugen verwirrte ihn, warf ihn schier hin und her, brachte ihn fast ums Bewußtsein. Es überlief ihn heiß und kalt...

Und nun mischte sich noch – das nahm ihm den

letzten Rest von Besinnung – der kleine Schuh der Dame ein. Ach, dieser herzige Schuh fuhr gar zu absichtlich über seine großen Jagdstiefel, lief auf und ab und raschelte wie ein kleines rotes Mäuschen!. . . Was tun? Den Blick, den Druck erwidern? Ja, und die Folgen?. . . So eine Liebesgeschichte im Orient kann furchtbar enden! Schon sah sich der brave Mann aus Tarascon in seiner südlich-lebhaften Romanphantasie unter den Händen der Eunuchen, sah sich enthauptet oder noch ärger zugerichtet, sah Rumpf und Kopf, in einen ledernen Sack genäht, ins Meer rollen. Das kühlte ihn ein wenig ab. Doch trieb der kleine Schuh in einem fort sein Spiel, und die Augen seines Gegenübers taten sich gegen ihn auf wie zwei samtschwarze Blüten und baten geradezu: ›So nimm doch! nimm!‹

Der Omnibus hielt an. Man war auf dem Platz beim Theater, am Beginn der Straße Bab-Azun. Die Maurinnen stiegen eine nach der anderen aus, wobei ihnen die weiten Beinkleider einigermaßen hinderlich waren, und drückten mit der urwüchsigen Anmut dieser Völker ihre Schleier fest an sich. Die neben Tartarin stand zuletzt auf und brachte beim Aufstehen ihr Gesicht so nahe an das seine, daß sie ihn mit dem Atem streifte. Das war ein Duft von Jugend, von Jasmin, von Bisam und von Zuckerwerk! Der Mann aus Tarascon konnte nicht widerstehen. Toll verliebt, zu allem bereit, stürzte er der Maurin nach. Beim Stapfen seiner schweren Stiefel drehte sie sich um, legte einen Finger an ihren Schleier, als wollte sie ihm Schweigen und Vorsicht gebieten, und warf ihm rasch mit der anderen Hand einen kleinen duftenden Rosenkranz zu, in den Blüten von Jasmin geflochten waren. Tartarin von Tarascon bückte sich, um ihn aufzuheben; aber da unser Held etwas schwerfällig und zudem mit seinen Waffen beladen war, dauerte diese Übung etwas lange. Als er wieder aufstand und den Rosenkranz mit dem Jasmin ans Herz drückte, war die Maurin verschwunden.

Löwen im Atlas, schlaft nur!

Löwen im Atlas, schlaft nur! Schlaft ruhig in euren Höhlen und Winkeln, hinter Aloen und Kaktusgestrüpp. In den nächsten Tagen läßt euch Tartarin von Tarascon noch am Leben. Vorerst liegt seine ganze Kriegsausrüstung, liegen Waffenkisten und Apotheke, Zelt und Konserven in Ruh und Frieden schön zusammengepackt im Hotel de l'Europe, auf Zimmer 36, irgendwo im Winkel.

Schlaft ohne Furcht, ihr großen rötlichen Löwen! Der Mann aus Tarascon sucht sein maurisches Mädchen. Seit der Geschichte im Omnibus glaubt der Unglückliche fortwährend das Rascheln der kleinen roten Maus auf seinem Fuß, auf seinem mächtigen Trapperfuß zu spüren; und wenn der Wind vom Meer ihm ins Gesicht bläst, so trifft ihn, wie er sich auch dagegen wehrt, ein aufregender Geruch von Zuckerwerk und Anis mit.

Er muß das maurische Geschöpfchen kriegen!

Aber das ist keine so einfache Geschichte. In einer Stadt von hunderttausend Menschen ein Persönchen herausbekommen, von dem man nur den Duft seines Atems, die kleinen Schuhe und die Farbe der Augen kennt: nur ein Verliebter aus Tarascon wird so etwas beginnen. Das schlimmste dabei ist, daß unter den großen weiße Schleiern eine Maurin genauso aussieht wie die andere; und dann gehen diese Damen nie aus, und man muß, wenn man sie sehen will, in die obere Stadt, in die arabische Stadt, hinauf, in die Stadt der ›Türken‹. Und das ist eine wahre Mördergrube, diese obere Stadt! Lauter ganz enge, dunkle Gassen, die zwischen zwei Reihen von unheimlichen Häusern steil ansteigen, bis sich irgendwo die Dächer berühren und das Ganze förmlich überwölben. Niedere Türen, elende, winzige, blinde, vergitterte Fenster. Und zur Rechten und zur Linken ein Gewirr von düsteren Buden, in denen wilde Türken mit Piratenköpfen, mit funkelnden Augen und blitzenden Zähnen hokken, lange Pfeifen rauchen und insgeheim miteinander flüstern, als ob sie Unheil im Schilde führten.

Es hieße lügen, wollte man behaupten, daß Tartarin ohne Aufregung durch diese Stadt der Schrecken gegangen wäre. Im Gegenteil, er war sehr aufgeregt, und in den engen Gäßchen, die sein dicker Bauch der ganzen Breite nach ausfüllte, bewegte sich der wackere Mann überhaupt nur mit der größten Vorsicht, wachsamen Auges, den Abzug des Revolvers umklammernd: ganz wie in Tarascon, wenn er in den Klub ging. Jeden Augenblick war er darauf gefaßt, von einer ganzen Bande von Eunuchen und Janitscharen aus irgendeinem Hinterhalt überfallen zu werden; aber die Sehnsucht, seine Dame wiederzusehen, gab ihm den Wagemut und die Kraft eines Riesen.

Acht Tage lang kam der unerschrockene Tartarin nicht aus der oberen Stadt fort. Bald sah man ihn vor den maurischen Bädern auf der Lauer stehen, die Stunde erwartend, in der die Damen scharenweise herauskamen und erschauernd noch den Wohlgeruch

des Bades verbreiteten; bald kauerte er irgendwo an den Pforten einer Moschee und schwitzte und schnaufte, wenn er seine mächtigen Stiefel ablegte, ehe er das Heiligtum betrat...
Manchmal hörte der Mann aus Tarascon in der

Dämmerung, wenn er verzweifelt, ohne den geringsten Erfolg, vom Bad, von der Moschee zurückkam, aus den maurischen Häusern eintönige Lieder erklingen, vernahm von fern das leise Spiel einer Gitarre, das Rasseln eines Tamburins, das unterdrückte Lachen einer Frauenstimme. Das Herz klopfte ihm. ›Am Ende ist sie das‹, sagte er sich. Und wenn die Gasse leer war, ging er an eins der Häuser ganz nahe heran, hob den schweren Hammer an der niederen Tür und klopfte zaghaft an. Und sofort brach das Lachen, brach der Gesang ab. Man hörte nur, wie es hinter der Wand noch ein wenig flüsterte und sich regte wie in einem verschlafenen Taubenschlag.

›Halte dich brav!‹ sagte sich der Held. ›Da kommt etwas!‹ Und meistens kam auch etwas, am häufigsten eine kalte Dusche, die seinen Kopf traf, aber auch Orangenschalen und Abfälle von Berberfeigen. Nie etwas Schwereres.

Der Prinz Gregor von Montenegro

Zwei lange Wochen schon suchte der unglückliche Tartarin seine Dame in Algier, und er würde sie höchstwahrscheinlich noch suchen, wenn ihm nicht die Vorsehung der Liebenden in der Gestalt eines Edelmannes aus Montenegro zu Hilfe gekommen wäre. Das geschah so: Im Winter gibt das Große Theater in Algier jeden Sonnabend einen Maskenball, genausogut wie die Pariser Oper. Es ist der ewig gleiche, ewig abgeschmackte Maskenball der Provinz. Wenig Leute im Saale; etliche, die bei Bullier oder im Casino gestrandet sind; törichte Jungfrauen, die Militär nachlaufen; verschlissene Harlekine, höchst jämmerliche Masken und fünf, sechs kleine braune Wäscherinnen, die eben beginnen wollen, aber noch von der tugendhaften Zeit her nach Knoblauch und Safransauce riechen. Soweit gibt das kein besonderes Bild. Das richtige zeigt sich vielmehr im Foyer, das an solchen Abenden in einen Spielsaal verwandelt ist. Da drängt sich eine bunte Menge fieberhaft erregt um die großen grünen Tische: beurlaubte Turkos, die mit dem guten Geld ihrer Löhnung spielen, maurische Händler aus der oberen Stadt, Neger, Malteser, Pächter aus dem Binnenland, die vierzig Meilen gefahren sind und das Geld für einen Pflug oder für ein paar Ochsen auf eine Karte setzen, alle zitternd vor Erregung, bleich, mit zusammengepreßten Zähnen und dem eigenen irren, schiefen, schielenden Blick des Spielers, der unverwandt auf eine einzige Karte starrt. . . Dazu Sippen von algerischen Juden, bei denen immer die ganze Familie spielt. Die Männer gehen in morgenländischer Tracht, zu der sie geschmacklose blaue Strümpfe und Samtmützen hinzutun. Die aufgedunsenen bleichen Frauen halten sich ganz steif in ihren engen goldbesäten Miedern. Die ganze Sippschaft drängt sich um die Tische, pflegt schreiend Rat, rechnet an den Fingern herum und setzt etwas, aber wenig. Nur manchmal sondert sich ein alter Patriarch mit einem Bart wie Gottvater von Goldstück der Familie aus. Dann funkeln, solange das Spiel dauert, die Augen der Juden und bohren sich in den Tisch; wie schwarze Magneten ziehen sie die schillernden Goldstücke an, ziehen sie zuletzt ganz langsam zu sich herüber, als ob sie angebunden wären.

Und dann entsteht irgendwo Streit; man rauft, man flucht, man schreit in allen Sprachen aller Länder; in der Verwirrung lockern sich die Messer, die Wache kommt herein, und es zeigt sich, daß an einigen Tischen Geld fehlt.

In diesen Narrenturm hatte sich eines Abends der große Tartarin verlaufen; er suchte Vergessenheit und Frieden für sein armes Herz. Der Held schritt einsam durch die Menge und dachte an die geliebte Maurin. Da drangen plötzlich zwei aufgeregt streitende Stimmen von einem Spieltisch, mitten durch den Lärm und das Klingen der Goldmünzen, zu ihm:

»Ich sage Ihnen, Herr, mir fehlen zwanzig Fran-

ken . . .« — »Herr . . .!« — »Nun was denn, Herr . . .?« — »Herr, Sie wissen nicht, mit wem Sie reden!« — »Da bin ich aber neugierig!« — »Herr, ich bin Prinz Gregor von Montenegro. . .«
Als Tartarin diesen Namen hörte, durchbrach er ganz aufgeregt die Menge und drängte sich in die erste Reihe, froh und stolz, daß er seinen Prinzen wiedersah, diesen leutseligen Prinzen von Montenegro, den er auf dem Dampfer kennengelernt hatte. Nur machte leider der Rang des Durchlauchtigen, der den braven Mann aus Tarascon so ganz geblendet hatte, nicht den geringsten Eindruck auf den Offizier der Chasseurs, mit dem der Prinz seinen Handel hatte. »Ah! Na, jetzt bin ich gescheiter«, sagte höhnisch der Offizier und rief ins Publikum: »Gregor von Montenegro! Kennt den jemand?. . . Kein Mensch!«
Tartarin trat unwillig einen Schritt vor. Mit fester Stimme sagte er in den echtesten Lauten von Tarascon: »Entschuldigen. . . ich kenne den Prinzen.«
Der Offizier von den Chasseurs sah ihm einen Augenblick gerade ins Gesicht, dann zuckte er mit den Achseln und sagte: »So. . . Nun, es ist gut. Teilen Sie mit ihm die zwanzig Franken, die hier fehlen, und wir reden nicht weiter davon.«
Und kehrte sich um und verschwand in der Menge. Unser hitziger Tartarin machte Miene, ihm nachzustürzen, aber der Prinz hielt ihn zurück. »Lassen Sie das meine Sache sein«, sprach er, nahm Tartarin beim Arm und zog ihn rasch hinaus.
Draußen nahm der Prinz von Montenegro sogleich seinen Hut ab, streckte unserem Helden die Hand entgegen und begann (wobei ihm erst der Name einzufallen schien) mit bewegter Stimme: »Herr Barbarin. . .« — »Tartarin«, hauchte der andere ganz schüch-

tern. — »Tartarin oder Barbarin, das macht nichts! Wir sind jetzt auf Tod und Leben verbunden!« Und der edle Montenegriner schüttelte ihm die Hand mit wilder Kraft. Tartarin war natürlich sehr stolz. »Prinz... Prinz...!« stammelte er wie trunken.

Eine Viertelstunde später hatten sich die Herrschaften im Platanenrestaurant niedergelassen. Das war ein angenehmes Nachtlokal; an seine Terrassen schlug das Meer. Ein ordentlicher russischer Salat kam auf den Tisch, der gute Wein von Crescia floß, und sie erneuerten die Bekanntschaft.

Man kann sich kaum etwas Anziehenderes vorstellen als diesen Prinzen von Montenegro. Er war schmächtig und schlank, hatte krause, sorgfältig gebrannte Locken und ging glattrasiert. Seine Brust zierten in großer Zahl die wunderlichsten Orden. Sein schlaues Aussehen, seine gewinnenden Bewegungen und besonders ein leicht italienischer Akzent: mußte man da nicht an einen Mazarin ohne Bart denken? Auch war er im Lateinischen sehr wohl beschlagen und zitierte bei jeder Gelegenheit Tacitus, Horaz und Cäsars Kommentare. Er stammte aus einem altansässigen Geschlecht. Aber seine Brüder hatten ihn, schon als er zehn Jahre alt war, außer Landes gebracht, vermutlich wegen seiner freieren Anschauungen. So reiste er denn, ein durchlauchtiger Philosoph, zu seiner Bildung und zu seinem Vergnügen durch die ganze Welt. Und welch sonderbarer Zufall: der Prinz hatte drei Jahre in Tarascon zugebracht! Als ihn aber Tartarin ganz erstaunt fragte, wieso er ihm niemals im Klub oder auf der Esplanade begegnet sei, da sagte Seine Durchlaucht ausweichend: »Ich bin wenig ausgegangen!« Und der Mann aus Tarascon hatte den Takt, nicht weiter zu fragen; die Gro-

ßen haben alle Heimlichkeiten in ihrem Lebenswandel.
Alles in allem ein vortrefflicher Prinz, dieser Herr Gregor. . . Er schlürfte den hellroten Wein von Crescia und hörte geduldig zu, wie ihm Tartarin von seiner Maurin erzählte, ja nahm es auf sich, sie (da er alle diese Damen kannte) in Bälde aufzufinden. Man trank scharf und lange. Und man stieß an: »Auf die Frauen in Algier!« »Auf das freie Montenegro!«
Unten an der Terrasse rollte die Flut, und die Wogen schlugen im Dunkel ans Ufer; es klatschte, als ob ein nasses Tuch geschwenkt würde. Die Luft war warm, und viele Sterne standen am Himmel. Im Geäst der Platanen sang eine Nachtigall.
Und Tartarin bezahlte die Rechnung.

›Sage mir den Namen Deines Vaters, so will ich Dir den Namen dieser Blume sagen!‹

Kein Mensch hat doch eine so feine Witterung wie ein Prinz von Montenegro!

Am Tage nach dem Mahl im Platanenhaus kam der Prinz Gregor schon zu früher Stunde zu Tartarin ins Zimmer. »Schnell... schnell, kleiden Sie sich an! Ihre Maurin ist gefunden. Sie heißt Baia... zwanzig Jahre alt, wunderhübsch und schon Witwe.«

»Witwe!... So ein Glück!« rief freudig der gute Tartarin, der den Männern im Orient gar nicht traute. – »Ja, aber ihr Bruder gibt sehr gut acht!« – »O verteufelt!« – »Ein wilder Maure, er verkauft Pfeifen im Bazar d'Orléans...«

Schweigen...

»Nun«, sagte der Prinz, »Sie sind nicht der Mann, der vor einer solchen Kleinigkeit zurückschreckt; und dann wird man mit diesem Räuber vielleicht auch noch fertig, wenn man ihm ein paar Pfeifen abnimmt. Also vorwärts, anziehen, Sie loser Schäker!«

Bleich, erregt, verliebt, sprang der Mann aus Tarascon aus seinem Bett und knöpfte eiligst seine weite Flanellunterhose zu: »Und was soll ich tun?«

– »Ganz einfach, Sie müssen der Dame schreiben und sie um ein Zusammentreffen bitten!« – »So versteht

sie Französisch?« (Tartarins kindlich-träumerischer Glaube an den unverfälschten Orient kam ins Wanken.) – »Kein Wort«, antwortete unbeirrbar der Prinz. »Aber Sie werden mir den Brief diktieren, und ich werde ihn dabei gleich übersetzen.« – »O Prinz, das ist zuviel Güte!«
Und der Mann aus Tarascon begann mit großen Schritten im Zimmer auf und ab zu gehen. Er schwieg, er dachte nach. Denn man kann doch einer Maurin in Algier nicht so schreiben wie einem kleinen Mädel in Beaucaire. Zum Glück hatte unser Hld genug gelesen, und das kam ihm jetzt zugute. Er verschmolz das wüste Pathos der Indianer bei Gustave Aimard mit dem Stil von Lamartines ›Reise in den Orient‹, etliche dunkle Erinnerungen an das Hohelied halfen ihm, einen Brief fertigzukriegen, wie er orientalischer gar nicht zu ersinnen war. Er begann: ›Wie der Strauß im Sande der Wüste. . .‹ und endete: ›Sage mir den Namen Deines Vaters, so will ich Dir den Namen dieser Blume sagen!‹
Mit dieser Sendung hätte der Romantiker Tartarin noch gern einen Blütenstrauß mitgeschickt, nach den Regeln der Blumensprache gebunden, wie sie im Orient bekannt sind. Aber der Prinz Gregor war der Meinung, es sei besser, dem Bruder einige Pfeifen abzunehmen; das würde den wilden Grimm dieses Herrn bestimmt besänftigen und die Dame ganz besonders erfreuen, denn sie rauche gerne.
»So wollen wir schnell die Pfeifen kaufen«, rief Tartarin in vollem Eifer. »Nein, nein, lassen Sie das nur! Da geh ich allein hin. Ich bekomme sie billiger.« – »Wie? Sie wollten. . . O Prinz, Prinz!«
Und der brave Mann streckte ganz verwirrt dem gefälligen Montenegriner seine Börse hin und empfahl

ihm, ja nicht zu sparen, damit die Dame nur zufrieden sei.
Leider ging es mit der Geschichte, die sich so glatt angelassen hatte, nicht recht vorwärts. Oder doch nur langsam. Die Maurin hätte ja Tartarin, gerührt von seinen beredten Worten und längst so gut wie sein, von Herzen gern zu sich bestellt; aber der Bruder hatte Bedenken, und um sie zu beschwichtigen, hieß es Pfeifen kaufen, ein Dutzend, ein Schock Pfeifen, eine ganze Wagenladung. »Was, zum Teufel, kann Baia mit all den Pfeifen anfangen?« fragte manchmal der arme Tartarin. Aber er zahlte alles und knickerte nicht. Endlich – er hatte schon Berge von Pfeifen aufgekauft und Fluten von orientalischer Poesie verschüttet –, endlich wurde ihm ein Zusammentreffen bewilligt. Muß ich erst erzählen, wie der Mann aus Tarascon mit klopfendem Herzen seine Vorbereitungen traf, wie er mit liebevoller Sorgfalt den struppigen Mützenjägerbart geradeschnitt, glättete, parfümierte?. . . Aber er vergaß nicht (denn man muß an alles denken), einen Schlagring mit eisernen Spitzen und zwei, drei Revolver in seine Tasche gleiten zu lassen. Der Prinz kam, wie immer gefällig, zu diesem ersten Zusammentreffen als Dolmetscher mit. Die Dame wohnte in der oberen Stadt. Vor ihrer Tür stand ein junger Maure von dreizehn bis vierzehn Jahren und rauchte Zigaretten. Es war ihr Bruder, der berüchtigte Ali, von dem ich hier erzählte. Als er die beiden Besucher kommen sah, klopfte er zweimal an die Tür und zog sich taktvoll zurück. Die Tür ging auf. Eine Negerin erschien und geleitete, ohne ein Wort zu sprechen, die Herren über den engen Hof im Innern in ein kleines kühles Gemach. Dort wartete auf einem Ruhebett liegend, die Dame. Auf den

ersten Anblick kam sie dem Mann aus Tarascon kleiner und stärker vor als die Maurin im Omnibus. . . War sie es denn auch? Doch dieser Verdacht kam und verschwand dem Tartarin schnell wie ein Blitz. Die Dame war so hübsch mit ihren nackten Füßchen, den runden Fingerchen mit den vielen Ringen; sie war so rosig, so zart. Und unter dem goldenen Leibchen, unter den Blumenranken ihres Kleides zeichnete sich ein liebes Persönchen von einigem Umfang ab, rundlich und zum Anbeißen nett. Ihre Lippen saugten an der Bernsteinspitze einer Nargileh, und ein Glorienschein von hellem Rauch umgab sie.

Der Mann aus Tarascon trat ein, legte die Hand aufs Herz und verneigte sich so maurisch, wie er es vermochte; seine Augen rollten in heißer Leidenschaft. Baia sah ihn einen Augenblick an, sagte aber nichts, dann ließ sie ihre Bernsteinspitze los, warf sich zurück und verbarg den Kopf in ihren Händen, daß nur der weiße Nacken bloß blieb. Der aber tanzte nun wie ein Beutel voller Perlen, so unbändig lachte sie.

Sidi Tart'ri ben Tart'ri

Wer da des Abends zur Feierstunde in den Cafés der oberen Stadt von Algier einkehrte, der könnte heute noch die Mauren – augenzwinkernd und mit manchem leisen Lachen – von Sidi Tart'ri ben Tart'ri erzählen hören. Das war ein liebenswürdiger reicher Europäer; er lebte, es ist nun einige Jahre her, in der oberen Stadt mit einem kleinen Mädchen aus dem Volke namens Baia. Dieser Sidi Tart'ri, der rund um die Kasbah in so fröhlichem Andenken steht, ist, man errät es leicht, niemand anderes als unser Tartarin. Wer will es ihm verdenken? Das ist schon so im Leben der Heiligen und Helden: es gibt Stunden der Verblendung, der Verwirrung, des Unterliegens. Und der ruhmvolle Held von Tarascon war sowenig eine Ausnahme wie irgendein anderer. So vergaß er nun schon seit zwei Monaten die Löwen und den Ruhm; er berauschte sich an der Liebe des Orients, er ›verlag‹ sich, wie Hannibal in Capua, in den Wonnen der weißen Stadt Algier.

Der gute Mann hatte mitten im Araberviertel ein hübsches kleines Häuschen gemietet, wie es die Leute dort bauen, mit einem Hof im Innern, mit Bananenbäumchen, mit kühlen Gängen und Brunnen. Dort lebte er, allem Lärm entrückt, mit seiner Maurin, selber Maure vom Kopf bis zu den Zehen. Den ganzen Tag blies er den Rauch aus seiner Nargileh und aß Zuckerwerk, das nach Moschus duftete. Baia lag auf einem Diwan ihm gegenüber, hatte die Gitarre im Arm und summte eintönige Weisen; oder sie tanzte, um ihren Gebieter zu zerstreuen, den Bauchtanz und hielt einen kleinen Spiegel in der Hand, in dem sie ihre weißen Zähne betrachtete und sich selber Gesichter schnitt.

Da die Dame kein Wort Französisch und Tartarin kein Wort Arabisch verstand, stockte hin und wieder die Unterhaltung, und unser geschwätziger Mann aus Tarascon fand genügend Zeit, die Unmäßigkeit im Reden abzubüßen, deren er sich in der Apotheke von Bézuquet und im Laden bei Costecalde schuldig gemacht hatte. Aber selbst diese Buße hatte ihren Reiz, und es dünkte ihn süße Torheit, so den Tag hinzubringen, ohne ein Wort zu reden: nur dem Glucksen der Nargileh zu lauschen, dem Zirpen der Gitarre, dem Plätschern des Springquells über die Mosaiken in seinem Hof.

Die Nargileh, das Bad, die Liebe, dies füllte jetzt sein Leben aus. Die beiden verließen kaum das Haus. Manchmal setzte sich Sidi Tart'ri auf ein braves Maultier, nahm seine Dame zu sich, und so ritten sie zu einem kleinen Garten in der Umgebung, den er gekauft hatte, und aßen da Granatäpfel. Aber nie, ganz und gar nie stieg er in die europäische Stadt hinab. Dieses Algier mit seinen betrunkenen Zuaven, mit seinen Alkazaren voller Offiziere, mit dem ewigen Geräusch nachschleppender Säbel unter den Arkaden schien ihm so unerträglich, so häßlich wie eine Wachstube im Abendland.

Ja, dieser Mann aus Tarascon war glücklich. Besonders Tartarin-Sancho, der so gern türkisches Zuckerwerk naschte, erklärte, er sei bei diesem neuen Leben

zufriedener als je zuvor. Tartarin-Quijote freilich hatte hin und wieder Gewissensbisse, wenn er an Tarascon dachte und an die versprochenen Felle. Aber das hielt nicht an, und es genügte ein Blick von Baia oder ein Löffelchen von diesen verfluchten Marmeladen, die so süß, so verführerisch sind wie die Tränke der Circe, die traurigen Gedanken zu verscheuchen. Am Abend kam der Prinz Gregor und erzählte ein wenig vom freien Montenegro. Unermüdlich in seiner Gefälligkeit, war dieser leutselige Herr bald Dolmetsch, bald, wenn es not tat, selbst Haushofmeister, und alles das ohne Gegendienst, rein zu seinem Vergnügen. Sonst empfing Tartarin nur ›Türken‹. Alle diese Seeräuber, die ihm früher mit ihren grimmigen Gesichtern soviel Angst eingejagt hatten, wenn sie in ihren düsteren Buden lauerten, entpuppten sich jetzt, da er sie kennenlernte, als brave, harmlose Geschäftsleute, als Sticker, Gewürzkrämer, Pfeifendrechsler, kurz, als durchaus wohlerzogene Menschen, die ihm mit Achtung, Klugheit und Takt begegneten und zudem Kartenspieler von besonderen Gnaden waren. Vier- oder fünfmal in der Woche kamen die Herren für den Abend zu Sidi Tart'ri, nahmen ihm sein Geld ab und aßen seine Marmeladen; Schlag zehn Uhr dankten sie dem Propheten und zogen sich diskret zurück. Dann verbrachten Sidi Tart'ri und seine getreue Eheliebste den Rest des Abends auf ihrer Terrasse, einer großen weißen Terrasse, die das Dach des Hauses bildete. Von da aus konnte man die ganze Stadt übersehen. Ringsum senkten sich tausend andere weiße Terrassen im stillen Licht des Mondes wie Stufen zum Meer. Der Seewind brachte zitternde Gitarrenklänge herauf.

Aber plötzliche stieg wie ein Kranz von Sternen eine ruhige, klare Weise sanft zum Himmel an. Ein schöner Muezzin zeigte sich auf dem Minarett der nahen Moschee. Seine spukhaft helle Gestalt hob sich hart vom tiefen Blau der Nacht ab, und er sang die Ehre Allahs mit wunderbarer Stimme in den Weltraum.

Alsbald legte Baia ihre Gitarre nieder, wendete ihre großen Augen dem Muezzin zu und schien sein Gebet mit Wonne einzuschlürfen. Solange der Gesang dauerte, blieb sie so, erschauernd, verzückt wie eine heilige Therese des Orients. Gerührt sah sie Tartarin beten, und er dachte bei sich, das müsse eine mächtige, eine schöne Religion sein, die solche Trunkenheit des Glaubens geben könne.

Tarascon, verhülle dein Angesicht! Dein Sohn Tartarin will abtrünnig werden!

›Man schreibt uns aus Tarascon‹

An einem schönen Nachmittag, bei blauem Himmel und lauer Luft, kam Sidi Tart'ri ganz allein dahergeritten. Er kam von seinem Gütchen. Weite Satteltaschen aus Bast, von Zedraten und Wassermelonen stark aufgebauscht, spreizten ihm die Beine auseinander, das Klappern der großen Steigbügel schläferte ihn ein, und er gab den schwankenden Bewegungen des Tieres mit dem ganzen Körper nach. So zog der Gute durch die wunderschöne Gegend, kreuzte die Hände über dem Bauch und schlief vor Hitze und Wohlbehagen beinahe ein. Plötzlich weckte ihn bei den ersten Häusern der Stadt ein lauter Ruf: »He! Hol's der Teufel! Mir scheint gar, das ist der Herr Tartarin!«

Bei diesem ›Tartarin‹ im Ton des echten Südfranzosen hob der Mann aus Tarascon den Kopf und sah, keine zwei Schritte entfernt, das gute, braungegerbte Gesicht des Herrn Barbassou vor sich. Der Kapitän des ›Zuaven‹ trank seinen Absinth vor der Tür eines kleinen Cafés und rauchte seine Pfeife.

»Je, Barbassou! Grüßt Gott!« rief Tartarin und hielt sein Maultier an.

Aber Barbassou antwortete nicht und sah ihn einen Augenblick mit großen Augen an; dann fing er an zu

lachen, so furchtbar zu lachen, daß Sidi Tart'ri, mit dem Hinterteil auf seinen Melonen, sprachlos und in Verwirrung dasaß.
»Heiliger Turban, lieber Herr von Tartarin. . . Also haben die Leute recht! Sie sind ein Türke geworden? Und – singt die kleine Baia immer noch Marco la Belle?« »Marco la Belle?« sagte Tartarin höchst unwillig. »Daß Sie es wissen, Kapitän, die, von der Sie reden, ist ein anständiges Mädel, eine Maurin, die kein Wort Französisch versteht.«
»Baia kein Wort Französisch?. . . Ja, aber wo stammen *Sie* denn her?« Und der wackere Kapitän begann noch viel ärger zu lachen. Jedoch als er sah, wie das Gesicht des armen Sidi Tart'ri immer länger wurde, hielt er sich zurück. »Vielleicht ist es wirklich nicht dieselbe. . .vielleicht hab ich mich getäuscht. Aber schauen Sie, Herr von Tartarin, Sie sollten sich trotzdem vor den Maurinnen in Algier und vor Prinzen aus Montenegro in acht nehmen.«
Tartarin richtete sich in den Steigbügeln auf und machte sein grimmiges Gesicht. »Der Prinz ist mein Freund, Kapitän!« – »Gut, gut, wir wollen uns nicht aufregen. Trinken Sie einen Absinth? Nein? Haben Sie daheim nichts auszurichten? Auch nicht. . . Also gute Reise. . . Sie, übrigens, Herr Landsmann, ich hab einen guten französischen Tabak, nehmen Sie sich ein paar Pfeifen voll mit! Aber nehmen Sie doch! Nehmen S'! Es wird Ihnen gut tun. Der verdammte türkische Tabak bringt Ihnen so schon die Gedanken durcheinander.«
Und dann setzte sich der Kapitän wieder zu seinem Absinth, und Tartarin trabte ganz in Gedanken seinem Häuschen zu. In seiner großen Seele hatte Barbassous Verdacht keinen Raum; aber er hatte ihn

doch verstimmt. Und dann dieses Fluchen, überhaupt der Tonfall von da drüben! Er fühlte so etwas wie Gewissensbisse.
In seiner Wohnung traf er niemand an. Baia war im Bade. Die Negerin erschien ihm häßlich, das Haus öde. Er verfiel in eine unerklärliche Melancholie, setzte sich an den Rand des Springbrunnens und stopfte seine Pfeife mit dem Tabak von Barbassou. Dieser Tabak war in ein Stück Zeitungspapier vom ›Sémaphore‹ gewickelt. Als er ihn herausnahm, fiel sein Blick gerade auf den Namen seiner Vaterstadt.
›*Man schreibt uns aus Tarascon:*
Unsere Stadt ist in banger Sorge. Von Tartarin, dem Löwentöter, der auszog, um die großen Katzen drüben in Afrika zu erlegen, fehlt seit mehreren Monaten jede Nachricht. Was ist aus unserem heldenmütigen Landsmann geworden? Man wagt kaum, sich die Frage vorzulegen, wenn man, wie wir, diesen Feuerkopf, diesen kühnen Mann und seinen Durst nach Abenteuern gekannt hat. . . Liegt er wie so viele andere im heißen Sand begraben, oder ist er dem mörderischen Zahn der Ungeheuer im Atlas zum Opfer gefallen, deren Felle er unserer Bürgerschaft versprach? Furchtbare Ungewißheit! Indessen behaupten einige schwarze Händler, die zum Jahrmarkt nach Beaucaire gekommen sind, sie hätten mitten in der Wüste einen Europäer getroffen, dessen Beschreibung auf Tartarin paßt. Er war auf dem Wege nach Timbuktu. Gott erhalte uns unseren Tartarin!‹
Als der Mann aus Tarascon dies las, wurde er rot und blaß, und es überlief ihn kalt. Ganz Tarascon erschien vor ihm: der Klub, die Mützenjäger, der grüne Lehnstuhl bei Costecalde, und darüber schwebte, wie ein Adler mit ausgebreiteten Flügeln, der gewaltige

Schnurrbart des tapferen Majors Bravida. Und wie er nun bedachte, daß er so dalag, feig auf seine Matte hingekauert, während man ihn daheim im Vernichtungskampf mit wilden Tieren wähnte, da schämte sich Tartarin von Tarascon vor sich selbst, und er weinte.

Und mit einem Male sprang der Held auf und schrie: »Auf! Auf zur Löwenjagd!«

Und er stürzte in den staubigen Winkel, wo das Zelt, die Apotheke, die Konserven und die Waffenkiste schliefen, und schleppte alles mitten in den Hof. Tartarin-Sancho hatte ausgespielt, nur Tartarin-Quijote allein war übrig.

Und der Held von Tarascon nahm sich gerade nur die Zeit, seine Ausrüstung zu prüfen, sich zu bewaffnen, anzuschirren und die großen Stiefel anzuziehen, die Zeit, ein paar Worte an den Prinzen zu schreiben, ihm Baia anzuvertrauen und dazu einige blaue Scheine, die er mit seinen Tränen benetzt, in den Umschlag zu tun: und schon rollte er im Postwagen auf der Straße nach Blida dahin. Die Negerin blieb entsetzt im Hause zurück. Da lag die Nargileh und der Turban, lagen die Pantoffeln und der ganze Kram des Muselmanen Sidi Tart'ri zwischen den kleinen weißen Bogen der Galerie kläglich umher.

Bei den Löwen

Postkutschen in der Verbannung

Es war eine Postkutsche aus der guten alten Zeit, mit dickem blauem Stoff ausgepolstert, wie man es damals so hatte (er war schon längst verschossen); auch gab es da allerhand grobwollene Quasten und Zieraten, die einem, wenn man erst ein paar Stunden gefahren war, Wunden in den Rücken brannten. Tartarin von Tarascon hatte einen Eckplatz im hinteren Kasten; er richtete sich ein, so gut es ging. Und dieweil unser Held noch nicht dazu kam, den Moschusduft der großen afrikanischen Katzen einzuatmen, mußte er sich mit dem echten rechten Postwagengeruch begnügen, der so sonderbar an ein tausendfältiges Durcheinander von Menschen, Pferden, Weibern und Leder, von Eßwaren und faulendem Stroh erinnert.

Ein wenig von alledem befand sich in dem Kasten: ein Trappist, ein paar jüdische Kaufleute, zwei Dämchen, die zu ihrem Regiment, den Dreierhusaren, einrückten, ein Photograph aus Orléansville... Aber wie reizend, wie bunt auch die Gesellschaft war, den Mann aus Tarascon verlangte es nicht nach Unterhaltung; er saß in tiefen Gedanken da, stützte sich auf die Armlehne und hielt die Gewehre mit den

Knien fest. Diese Abreise Hals über Kopf, die schwarzen Augen seiner Baia, die furchtbaren Jagden, zu denen er sich anschickte, das gab eine arge Verwirrung in ihm. Und dann gemahnte ihn diese europäische Postkutsche mitten in Afrika mit ihrem ehrwürdigen Aussehen beiläufig an Tarascon, wie er es aus seiner Jugendzeit kannte, an Fahrten in die Umgebung, an ländliche Mahlzeiten am Ufer der Rhône und an so manches andere.

Darüber sank die Nacht herab. Der Schaffner zündete die Lampen an. Die Kutsche machte Sprünge, und die verrosteten Federn knirschten; die Pferde trabten dahin, die Schellen läuteten, und von Zeit zu Zeit gab es unter dem Schutzdach ein schreckliches Eisengeklirr. Das waren die Waffenkisten.

Tartarin von Tarascon schlief schon zu drei Vierteln. Einen Augenblick sah er noch das komische Durcheinander der Reisenden bei dem Gerüttel des Wagens, ein Spiel von tollen, schwankenden Schatten; dann wurde es ihm dunkel vor den Augen, seine Gedanken verwirrten sich, und er hörte nur noch ganz undeutlich das Ächzen der Räder in den Achsen und das klägliche Stöhnen der Wagenwände.

Plötzlich rief eine Stimme, dumpf, heiser, krächzend wie die Stimme einer alten Hexe, den Mann aus Tarascon bei seinem Namen: »Herr von Tartarin! Herr von Tartarin!« – »Wer ruft?« – »Ich bin's, Herr von Tartarin; erkennen Sie mich nicht? Ich bin die alte Postkutsche, die – so vor zwanzig Jahren – zwischen Tarascon und Nimes hin und her gefahren ist. Wie oft habe ich Sie, Sie und Ihre Freunde, zur Mützenjagd gegen Jonquières oder Bellegarde getragen! Ich habe Sie in meiner Erinnerung zuerst nicht gleich untergebracht, weil Sie eine Mütze haben wie ein Türke und weil Sie so dick geworden sind; aber wie Sie angefangen haben zu schnarchen, ach du liebe Zeit, da hab ich Sie gleich erkannt.«

»Schon gut, schon gut!« brummte der Mann aus Tarascon ein bißchen verärgert. Aber er wurde gleich wieder freundlicher und fragte: »Ja, aber liebes altes Ding, was machst du denn hier?«

»Ach, lieber Herr von Tartarin, freiwillig bin ich nicht daher gegangen, das versichere ich Ihnen. . . Aber wie die Eisenbahn von Beaucaire fertig war, haben sie gefunden, daß ich zu nichts mehr nütze bin, und da haben sie mich nach Afrika geschickt. Und nicht mich allein! Fast alle Postkutschen von Frankreich sind verbannt worden wie ich. Wir waren ihnen zu reaktionär, und so sind wir jetzt alle hier und führen ein Leben wie die Sträflinge. Und das nennt man in Frankreich algerische Eisenbahnen.«

Hier seufzte die alte Postkutsche tief auf, dann fuhr sie fort:

»Ach Herr von Tartarin, es ist mir so leid um das liebe Tarascon! Das war eine schöne Zeit für mich, meine Jugendzeit! Da hätten Sie mich sehen müssen, wie ich am Morgen abgefahren bin, ganz frisch gewaschen, blitzblank, mit neugestrichenen Rädern, mit Lampen wie zwei Sonnen und mit einer glänzenden Schutzdecke, die jedesmal mit Öl geputzt war! O war das schön, wenn der Postillion zu der Melodie ›Lagadigadeou, l Tarasque! la Tarasque!‹ mit der Peitsche knallte! Wenn der Schaffner sein Posthorn umhängte, die gestickte Kappe schief aufs Ohr setzte, mit einer Hand seinen kleinen immerzu kläffenden Hund packte und auf das Dach hinaufwarf, dann selber nachkletterte und sein ›He! Holla!‹ herabrief: dann setzten sich meine vier Pferde in Bewegung, die

Schellen klangen, und mit Hundegebell und Hörnerblasen ging es fort. Alle Fenster wurden geöffnet, und ganz Tarascon sah mit Stolz, wie seine Postkutsche auf der königlichen Heerstraße schnell davonfuhr. Und diese Straße, Herr von Tartarin! Die war breit und gut gepflegt und hatte ihre Kilometersteine und in gleichen Abständen ihre regelrecht geschichteten Schotterhaufen, und rechts und links waren Oliven und Wein angepflanzt. . . Und alle zehn Schritt ein Wirtshaus, und alle fünf Minuten Pferdewechsel. . . Und die so eingestiegen sind, waren das brave Leute! Vorsteher und Pfarrer, die nach Nimes zu ihrem Präfekten oder zum Bischof wollten; ordentliche Seifenhändler, die ganz ehrbar von ihren Weinberglauben zurückkamen; Schüler, die ihre Ferien hatten; Bauern, morgens eben frisch rasiert, in ihren gestickten Blusen; und dort oben auf dem Verdeck Sie, die Herren Mützenjäger. Oh, Sie waren immer so gut aufgelegt, und abends, beim Zurückfahren, wenn die Sterne schienen, da sang jeder seine Romanze. . . Jetzt ist das anders. Gott weiß, was für Leute ich da vorwärts schiebe. Ungläubiges Pack von irgendwoher läßt sein Ungeziefer bei mir, Neger, Beduinen, Säbelraßler und Abenteurer aus allen Ländern, zerlumpte Kolonisten, die mich mit ihren Pfeifen verpesten, und alles das redet eine Sprache, die Gottvater selbst nicht versteht. Und sehen Sie nur, wie man mich behandelt! Sie bürsten mich nie, sie waschen mich nie. Sie tun sich leid, wenn sie mir die Achsen schmieren. Statt der guten starken Pferde von damals, die so ruhig gingen, bekomme ich ganz kleine arabische Pferdchen; die haben den Teufel im Leib, schlagen, beißen aufeinander los, hopsen beim Laufen wie die Ziegen und zerbrechen mit den Hufen die Deichsel. O je! o je! Da fangen sie schon wieder an. .. Und diese Straßen! Hier geht es noch, weil wir in der Nähe der Hauptstadt sind; aber da unten ist dann gar nichts mehr, da hört jeder Weg auf. Man fährt, wie es gerade geht, über Stock und Stein, mitten durch Zwergpalmen und Mastixsträucher durch. Da gibt's nicht einen bestimmten Aufenthalt für den Pferdewechsel. Man hält, wo es dem Schaffner paßt, heute bei einem Gehöft, morgen bei einem anderen. Manchmal macht dieser Kerl einen Umweg von zwei Meilen mit mir, nur um irgendwo bei einem Freund Absinth oder Champoreau trinken zu können. Dann soll der Kutscher nur drauflоshauen! Man muß die Verspätung einbringen. Die Sonne brütet, der Staub brennt. Ganz gleich: hau drauflos! Man bleibt hängen, man wirft um: hau stärker! So geht es über Flüsse, ohne Brücke einfach durchs Wasser durch; man wird naß, man erkältet sich, das ganze Holzwerk saugt sich voll. Macht nichts. Nur immer hauen, hauen, hauen! Am Abend muß ich dann, noch triefend (das ist so das Rechte bei meinem Alter und meinem Rheumatismus), unter freiem Himmel übernachten, im Hof von irgendeiner Karawanserei, wo der Wind überall dazukann. Und die Schakale und Hyänen schleichen heran und schnüffeln an meinem Kasten, und allerhand Landstreicher, die beim ersten Morgengrauen das Weite suchen, machen sich's in meinem Innern bequem. Das ist jetzt mein Leben, mein guter Herr von Tartarin, und das wird so weitergehen, bis ich einmal, ganz ausgedörrt von der Sonne und verfault von der feuchten Nachtluft, nicht mehr anders kann und irgendwo auf diesen Schandstraßen umfalle. . . Dann werden die Araber mit den Trümmern meines alten Kastens ihren Kuskussu kochen. . .«

»Blida!« rief der Schaffner, »Blida!« Und er öffnete den Wagenschlag.

Hier zeigt sich ein kleiner Herr

In verschwommenen Umrissen sah Tartarin von Tarascon durch die angelaufenen Scheiben einen Platz mit einem hübschen Amtsgebäude, einen regelrechten Platz, von Arkaden eingefaßt, mit Orangenbäumen bepflanzt, auf dem Soldaten (so klein und nett, als hätte man sie eben aus einer Spielzeugschachtel geholt) im rosigen Morgennebel übten. Die Cafés öffneten ihre Läden. An einer Ecke erhob sich eine Markthalle mit Gemüse. Es war recht einladend; aber wohl kaum für Löwen.

»Südwärts! Noch weiter südwärts!« murmelte unser guter Tartarin und drückte sich wieder in seine Ecke.

Da wurde die Tür des Wagens geöffnet. Luft drang ein und brachte gleichsam auf ihren Flügeln den Duft von Orangenblüten mit, aber auch einen ganz kleinen Herrn in nußbraunem Überrock, alt, eingetrocknet, runzlig, steif und mit einem Gesicht, nicht größer als eine Faust, dazu einer fünffingerbreiten Krawatte aus schwarzer Seide, einer ledernen Aktentasche, einem Regenschirm: der richtige Notar vom Lande.

Als dieser kleine Herr von seinem Platze gegenüber die Kriegsausrüstung unseres Tartarin erblickte, schien er außerorentlich überrascht und wandte kein

Auge von ihm. Tartarin war es schon unangenehm. Man spannte aus, man spannte ein, die Kutsche fuhr ab: der kleine Herr starrte noch immer auf Tartarin. Schließlich wurde der Mann aus Tarascon böse. »Ja, da staunen Sie, nicht wahr?« fragte er, und dabei schaute nun er dem kleinen Herrn gerade ins Gesicht. »Nein«, meinte der ganz ruhig, »das Zeug stört mich.« Und das war schon wahr, Tartarin aus Tarascon nahm mit seinem Zelt, dem Revolver, den beiden Gewehren in ihrem Überzug, dem Jagdmesser – von seiner Leibesfülle gar nicht zu reden – ziemlich viel Platz ein.

Die Antwort des kleinen Herrn verdroß ihn, und so fragte der große Mann von oben herab: »Soll ich vielleicht mit Ihrem Regenschirm auf die Löwenjagd gehen?« Der kleine Herr blickte auf seinen Regenschirm und lächelte mild; dann sagte er, immer gleich ruhig: »Sie sind also ...« – »Tartarin von Tarascon, der Löwentöter.« Der Held von Tarascon sprach's und schüttelte die Quaste seines Fes wie eine Mähne. Es ging eine Bewegung durch die Postkutsche. Der Trappist bekreuzte sich, die Dämchen stießen Schrekkensrufe aus, und der Photograph aus Orléansville rückte näher an den Löwentöter heran; er hoffte auf die große Auszeichnung, ihn aufnehmen zu dürfen. Nur der kleine Herr verlor die Fassung nicht. »Haben Sie schon viele Löwen getötet, Herr Tartarin?« fragte er ganz ruhig. Aber da kam er bei dem Mann aus Tarascon schön an! »Und ob ich viele getötet habe! Herr, ich würde Ihnen nur wünschen, daß Sie soviel Haare auf dem Kopf hätten.« Und die ganze Postkutsche lachte; alles sah auf die drei blonden Haare, die sich auf dem kahlen Schädel des kleinen Herrn in die Höhe reckten.

Nun nahm der Photograph aus Orléansville das Wort: »Sie haben da einen furchtbaren Beruf, Herr Tartarin! Da gibt's wohl manchmal böse Augenblicke. So hat dieser arme Bombonnel ...« »Ach ja, der Pantherjäger«, unterbrach ihn Tartarin ziemlich geringschätzig. – »Kennen Sie ihn?« fragte der kleine Herr. – »No freilich! Und ob ich den kenne! Wir haben mehr als zwanzigmal zusammen gejagt.«
Der kleine Herr lächelte. »Sie gehen also auch auf die Pantherjagd, Herr Tartarin?« – »Manchmal«, sagte der Mann aus Tarascon (denn jetzt war er im Zuge). »So zum Zeitvertreib.« Und er warf den Kopf mit einer kühnen Gebärde zurück, die ihm die Herzen der Dämchen sogleich eroberte, und fügte hinzu: »Mit der Löwenjagd ist das nicht zu vergleichen.«
»Eigentlich«, bemerkte der Photograph aus Orléansville, »eigentlich ist so ein Panther doch nichts anderes als eine große Katze.«
»Ganz richtig«, sagte Tartarin, der nicht böse war, daß er den Ruhm des Herrn Bombonnel ein wenig verkleinern konnte, besonders vor den Damen.
Da hielt die Postkutsche, der Schaffner öffnete die Tür und sagte dem kleinen alten Herrn mit besonderer Ehrerbietung: »Sie sind an Ihrem Ziel.« Der kleine Herr erhob sich und stieg aus. Aber bevor er die Tür wieder schloß, sagte er: »Wollen Sie mir einen Rat erlauben, Herr Tartarin?« – »Und welchen, Herr?« – »Hören Sie: Sie sehen meiner Treu aus wie ein anständiger Mensch, und da möchte ich mit Ihnen ganz offen sein. Fahren Sie schnell nach Tarascon zurück, Herr Tartarin! Sie versäumen hier nur Zeit. Es gibt wohl hier in der Provinz noch einige Panther, aber das ist doch, pfui Teufel! kein Wild für Sie. Mit den Löwen aber ist es vorbei. In Algerien gibt es

keine mehr. Mein Freund Chassaing hat vor kurzem den letzten erlegt.«
Und der kleine Herr grüßte, schloß die Wagentür und entfernte sich lachend mit seiner Aktentasche und seinem Regenschirm. »Schaffner!« rief Tartarin und machte sein grimmiges Gesicht, »wer ist denn dieser gute Mann?« – »Was! Sie kennen ihn nicht? Das ist doch Bombonnel.«

Ein Löwenkloster

In Miliana stieg Tartarin von Tarascon aus und ließ die Postkutsche weiter nach Süden fahren. Er war zwei Tage gerüttelt worden und hatte zwei Nächte kein Auge geschlossen, sondern immer nur aufgepaßt, ob sich nicht irgendwo auf dem Feld oder auf der Straße der mächtige Schatten eines Löwen zeige. Nach so vielen Strapazen hatte er wohl einige Stunden Ruhe verdient. Dazu kam (ich will es nicht verschweigen), daß sich unser braver Mann aus Tarascon seit dem Mißgeschick mit Bombonnel trotz Waffen, grimmigem Gesicht und rotem Fes in der Gesellschaft des Photographen aus Orléansville und der beiden Damen vom Dritten Husarenregiment gar nicht mehr wohl fühlte.
So ging er durch die breiten Straßen von Miliana mit ihren vielen schönen Bäumen und Brunnen und suchte eine passende Unterkunft. Aber dabei gingen dem armen Mann die Worte Bombonnels nicht aus dem Kopf. Wenn es am Ende doch wahr wäre? Wenn es in Algerien keine Löwen mehr gäbe? Wozu dann alle die Fahrten, alle seine Mühe?
Auf einmal bog unser Held um die Ecke und stand gerade vor einem – nun ratet einmal! – vor einem prächtigen Löwen. Er saß vor der Tür eines Cafés

wartend da und thronte königlich auf seinem mächtigen Hinterteil. Die gelbe Mähne leuchtete in der Sonne.
»So!« stieß der Mann aus Tarascon hervor und sprang mit einem Satz zurück. »Und da will man einem einreden, daß es hier keine Löwen gibt!« Der Löwe hörte diese lauten Worte, senkte den Kopf, nahm einen Holzteller, der vor ihm auf dem Pflaster stand, ins Maul und streckte ihn bettelnd unserem Tartarin hin, der vor Staunen kein Glied rühren konnte. Ein Araber ging vorüber und warf einen Groschen in den Teller. Der Löwe wedelte mit dem Schweif ... Da verstand Tartarin alles. Er sah, was er vorhin in seiner Aufregung nicht gesehen hatte, daß es ein blinder, zahmer Löwe war. Eine große Menschenmenge stand um ihn herum, und zwei Negerkerle mit Knütteln in den Händen zogen mit ihm durch die Stadt, wie etwa Savoyardenknaben mit ihren Murmeltier.
Dem Mann aus Tarascon kochte das Blut. »Elende!« brüllte er mit Donnerstimme, »so entwürdigt ihr ein edles Tier!« Und er stürzte sich auf den Löwen und riß ihm den schmutzigen Teller aus dem königlichen Rachen. Die zwei Neger glaubten es mit einem Dieb zu tun zu haben, packten unseren Tartarin und schwangen ihre Knüttel. Es war ein furchtbarer Zusammenstoß. Die Neger droschen, die Weiber kreischten, die Kinder fanden es lustig. Ein alter jüdischer Schuster schrie aus einem Winkel seiner Bude heraus: »Was geht man nicht zum Friedensrichter? Zum Friedensrichter!« Sogar der Löwe, der doch nichts sehen konnte, versuchte zu brüllen; und zu guter Letzt fiel der unglückliche Tartarin nach verzweifeltem Kampfe der Länge nach hin und rollte

zwischen die durcheinandergeworfenen Groschen und den Kehricht.

In diesem Augenblick durchbrach ein Mann die Menge, herrschte mit einem Wort die Neger weg, vertrieb mit einer Bewegung die Weiber und Kinder, hob Tartarin auf, klopfte und bürstete ihm den Schmutz von den Kleidern und setzte den Erschöpften auf einen Prellstein. »Was! Sie sind es, Prinz?« brachte der gute Tartarin hervor und rieb sich den Rücken. – »Ja, mein tapferer Freund, ich bin's. Ich habe Ihren Brief gelesen, Baia sofort ihrem Bruder anvertraut, Extrapost genommen, und so fahre ich fünfzig Meilen in einem durch, was die Pferde hergeben, und komme gerade noch zurecht, um Sie diesem rohen Pack zu entreißen. Aber, mein Gott, wie haben Sie denn das angestellt, daß Sie in eine solche Geschichte hineingeraten sind?« – »Ach, was wollen Sie, lieber Prinz! Kann man das mit ansehen, wie dieser unglückliche Löwe mit seinem Teller im Maul herumgeschleppt wird, erniedrigt, entwürdigt, verhöhnt, dieser ganzen ungläubigen Bande zum Gespött?«

»Aber da irren Sie sich, mein edler Freund! Ganz im Gegenteil, dieser Löwe ist für sie ein Gegenstand der höchsten Verehrung, ein heiliges Tier. Er gehört einem großen Löwenkloster an, das vor dreihundert Jahren von Mohammed ben Auda gegründet wurde, einer Art Trappistensiedlung. Dort empfängt einen sogleich das Gebrüll und der scharfe Geruch der wilden Bestien; Mönche von besonderer Art ziehen Hunderte von gezähmten Löwen auf und schicken sie dann, begleitet von Bettelbrüdern, durch ganz Nordafrika. Die Gaben, die diese Brüder empfangen, dienen zum Unterhalt des Klosters und der Moschee. Und die beiden Neger vorhin sind darum so sehr in Wut geraten, weil sie fest davon überzeugt sind, daß ihr Löwe sie sofort zerreißt, wenn durch ihre Schuld auch nur ein Groschen der gesammelten Almosen verlorengeht oder gestohlen wird.«

Tartarin von Tarascon vernahm diese ein wenig un-

wahrscheinliche, aber dennoch wahre Geschichte und schnaufte vor Entzücken. »Aber am meisten freut mich doch dabei«, sagte er schließlich, »daß es Herrn Bombonnel zum Trotz in Algerien noch Löwen gibt.«
»Und ob es die gibt!« rief der Prinz begeistert, »gleich morgen werden wir sie in der Ebene des Scheliffs aufstöbern gehen. Sie werden schon sehen!« — »Wie, Prinz, Sie möchten mit auf die Jagd? ...« — »Ja, zum Teufel, glauben Sie denn, ich werde Sie allein mitten ins dunkelste Afrika ziehen lassen, zu diesen wilden Völkern, deren Sprache und Sitten Ihnen fremd sind? Nein, nein, ruhmreicher Tartarin, ich verlasse Sie nicht mehr. Wo Sie sind, da will auch ich sein.« — »O Prinz, Herr Prinz! ...«
Glückstrahlend drückte Tartarin den tapferen Gregor an sein Herz, und er dachte mit Stolz daran, daß nun auch er einen Fürsten aus der Fremde als Begleiter auf seine Jagdfahrten mitnehmen könne, ganz wie Jules Gérard, Bombonnel und die anderen berühmten Löwentöter alle.

Die Karawane unterwegs

Am anderen Morgen, schon in aller Frühe, verließen der unerschrockene Tartarin und der nicht minder unerschrockene Prinz Gregor mit einem halben Dutzend schwarzer Träger Miliana und stiegen in die Ebene des Scheliffs hinab. Der Weg führt über eine liebliche Anhöhe im dichten Schatten von Jasmin- und Tujasträuchern, von Brotbäumen und wilden Oliven talwärts. Zu beiden Seiten lagen die Gärtchen der Eingeborenen. Ungezählte muntere Quellen sprangen rauschend von Fels zu Fels. Es war eine Landschaft wie im Libanon.

Der Prinz Gregor hatte nicht weniger Waffen aufgeladen als der große Tartarin. Aber außerdem hatte er eine prächtige, eine ganz absonderliche Mütze aufgesetzt. Sie hatte breite goldene Streifen und ein Muster von silbergestickten Eichenblättern, und Seine Durchlaucht sah damit aus wie ein mexikanischer General oder wie ein Stationschef irgendwo an der unteren Donau. Diese verdammte Mütze gab dem Mann aus Tarascon viel zu denken, und er wagte ganz schüchtern, nach ihrer Bedeutung zu fragen. »Sie ist«, so erwiderte der Prinz mit ernster Miene »für Reisen in Afrika ganz unentbehrlich.« Und er wischte den Müt-

zenschirm mit dem Ärmel ab, so daß er noch mehr leuchtete, und belehrte dabei seinen unerfahrenen Gefährten über die wichtige Rolle, die eine solche Militärmütze in den Beziehungen der Eroberer zu den Arabern spielt: wie dieses, und nur dieses Abzeichen den Eingeborenen Furcht einflößt und wie sich darum die Zivilverwaltung genötigt sieht, allen ihren Angestellten, vom Straßenarbeiter bis zum Steuereinnehmer, solch Mützen zu geben. So braucht denn eine Regierung in Algerien — hier redet immer noch der Prinz — durchaus keine tüchtigen Köpfe, überhaupt keine Köpfe. Die Militärmütze genügt, eine schöne Militärmütze mit breiten Borten; die kann man dann auf eine Stange stecken wie den Geßlerhut.
Indem so das Gespräch aufs Allgemeine kam, ging die Karawane ruhig ihren Weg. Die barfüßigen Träger sprangen wie Affen mit Geschrei von Fels zu Fels. Die Waffenkisten klirrten, die Läufe der Gewehre blitzten. Die Eingeborenen, die vorbeikamen, neigten sich vor der Zaubermütze bis zur Erde. Droben aber auf den Wällen von Miliana erging sich der Chef der Militärverwaltung, von seiner Dame begleitet, in der Morgenkühle. Er hörte den ungewohnten Lärm, sah Waffen durch die Zweige leuchten, dachte gleich an einen Überfall und ließ die Zugbrücke aufziehen, Alarm blasen und alles zur Verteidigung herrichten. Nun, die Karawanenreise fing gut an! Leider nahmen die Dinge gegen Abend eine schlimme Wendung. Von den schwarzen Gepäckträgern kriegte einer gräßliche Leibschmerzen, weil er das Heftpflaster aus der Reiseapotheke aufgegessen hatte. Ein anderer fiel sinnlos betrunken in den Straßengraben; er hatte den ganzen Kampferspiritus zu sich genommen. Dem dritten, der das Reisealbum trug, hatten es die goldglänzenden

Schließen angetan; und weil er meinte, die Schätze Mekkas in Händen zu halten, so lief er mit ihnen davon, lief, was er laufen konnte, in den Zaccar. . . So konnte das nicht weitergehen.

Die Karawane machte halt; im kargen Schatten eines alten Feigenbaumes pflog man Rat. »Ich meine«, sagte der Prinz (und versuchte vergeblich eine Scheibe von dem Pemmikan in der Patentkasserolle mit dreifachem Boden aufzukochen), »ich meine, wir sollten noch diesen Abend auf die schwarzen Träger verzichten. Es ist da jetzt in der Nähe ein arabischer Markt. Wir halten uns am besten dort auf und kaufen ein paar Bourriquets.« »Nein, nein, keine Bourriquets!« rief sogleich sehr lebhaft der große Tartarin, über das ganze Gesicht errötend; er dachte an Grauchen. . . Doch tat er ganz unschuldig und setzte hinzu: »Wie sollten wohl so kleine Tiere unsere ganze Ausrüstung tragen?«

Der Prinz lächelte nur. »Da irren Sie sich, mein edler Freund. Diese kleinen Esel hier in Algerien sehen sehr schwach und mager aus, aber sie können genug auf den Rücken nehmen. Und sie müssen das auch, denn sie bekommen nicht schlecht zu tragen. Fragen Sie nur die Araber. Die erklären hier den Aufbau der Kolonialgewalt so: ganz oben ist der Herr Gouverneur; der hat einen großen Prügel und haut seinen Stab; der Stab will sich rächen und haut das Militär; das Militär haut den Bauer, der Bauer haut den Araber, der Araber haut den Neger, der Neger haut den Juden, und der Jude haut den Esel; der arme Esel aber kann niemand hauen, streckt den Rücken hin und läßt sich alles aufladen. Und so wird er auch Ihre Kisten tragen.«

»Ganz gleich«, entgegnete Tartarin von Tarascon,

»ich finde, das Bild unserer Karawane würde durch ein paar Esel nicht gewinnen. Ich möchte etwas mehr Orientalisches. Wenn wir zum Beispiel ein Kamel haben könnten...« – »Soviel Sie wollen«, sagte Seine Durchlaucht und schlug den Weg zum arabischen Markt ein.

Der Markt wurde einige Kilometer weiter am Ufer des Scheliffs abgehalten. Fünf- bis sechstausend zerlumpte Araber wimmelten in der Sonne, lärmten, schrien und handelten um Krüge mit schwarzen Oliven, Töpfe mit Honig, Säcke mit Gewürz und große Haufen von Zigarren. An großen Feuern brieten ganze Hammel, und die Butter troff nur so. Unter freiem Himmel wurde geschlachtet. Splitternackte Neger wateten im Blut, tauchten die Arme in Blut und häuteten mit kleinen Messern junge Zicklein ab, die an einer Stange aufgehängt waren. In einer Ecke hockt in einem Zelt aus tausend bunten Flicken ein maurischer Gerichtsschreiber mit einem großen Buch und einer mächtigen Brille. Dort drängt man sich, und wütendes Geschrei ertönt: auf einem Getreidescheffel wird Roulett gespielt, und die Kabylen treten einander dabei fast den Bauch ein. Weiter unten Gelächter und freudiges Getrampel: man sieht einem jüdischen Kaufmann zu, der mit seinem Maultier über den Scheliff will und dabei fast ertrinkt... Dazu Skorpione, Hunde, Raben. Und Fliegen! Fliegen!...

Aber keine Kamele. Endlich entdeckte man eins, das etliche Mozaraber loswerden wollten. Es war das richtige Wüstenkamel, das Kamel, wie es im Buch steht, kahl und traurig, mit langem Beduinenschädel und mit einem Höcker, der von dem vielen langen Fasten ganz eingeschrumpft war und schwermütig zur Seite herabhing. Aber Tartarin fand es so schön, daß er am

liebsten die ganze Karawane daraufgesetzt hätte. Er schwärmte eben immer noch für den Orient!
Das Tier kniete nieder, und man schnallte ihm das Gepäck auf. Der Prinz setzte sich auf den Hals. Tartarin, der mehr Erhabenheit brauchte, ließ sich ganz oben auf den Höcker hinaufziehen und kam gerade zwischen zwei Kisten zu sitzen; von da gab er stolz und sicher das Zeichen zum Aufbruch, mit einer edlen Gebärde alles Marktvolk grüßend, das gleich herbeigelaufen war. Donnerwetter, wenn ihn die in Tarascon hätten sehen können!
Das Kamel stand auf, streckte seine langen, knotigen Beine und flog nur so los. Entsetzen! Schon nach einigen Schritten fühlte Tartarin wie er erblaßte; und bald geriet der heldenmütige Fes der Reihe nach wieder in die gleichen Stellungen wie damals auf dem ›Zuaven‹. Das Teufelsvieh von einem Kamel schwankte wie ein Dreimaster.
»Prinz, Prinz!« murmelte Tartarin schreckensbleich und klammerte sich an die spärlichen Haare des Hökkers, »Prinz, wir müssen hinunter oder... oder... ich blamiere Frankreich!«
Ja freilich, das Kamel war losgelassen, und da gab's kein Halten mehr! Viertausend Araber rannten mit bloßen Füßen hinterdrein und fuchtelten, grölten und lachten wie Rasende. Hunderttausende von weißen Zähnen glänzten in der Sonne.
Der große Mann von Tarascon mußte sich ergeben. Er beugte sich kläglich über den Höcker, und der Fes bekam alle möglichen Lagen, ganz wie er sie brauchte. Frankreich war blamiert...

Nacht
Auf dem Anstand im Oleanderbusch

So malerisch auch dieser neue Aufzug war, unsere Löwentöter mußten doch aus Rücksicht auf den Fes darauf verzichten. Es ging also zu Fuß weiter so wie früher, und die Karawane zog ruhig in kleinen Tagesmärschen nach dem Süden; der Mann aus Tarascon als erster, der Montenegriner zuletzt und inmitten das Kamel mit den Waffenkisten. Das Unternehmen dauerte schon fast einen Monat. Und einen Monat irrte nun der gewaltige Tartarin auf seiner vergeblichen Suche nach den Löwen von einem arabischen Dorfe zum andern, immer in der unabsehbaren Ebedes Scheliffs, quer durch dieses furchtbare und dabei skurrile Französisch-Algerien. Da mischt sich in den Duft des alten Orients ein gemeiner Absinth- und Kasernengeruch, und es gibt ein Durcheinander. Abraham und der Zouzou! Ein Feenmärchen verwandelt sich in eine Posse fürs Volk; der Sergeant La Ramée oder der Korporal Pitou erzählt eine Geschichte aus dem Alten Testament. . . Ein merkwürdiges Land für einen, der mit offenen Augen gereist wäre. Da ›zivilisieren‹ wir Franzosen ein wildes, durch und durch verdorbenes Volk, das heißt, wir bringen ihm unsere Laster. Ohne Aufsicht mißbrauchen unglaubliche

Paschas ihre Macht, Herrschaften, die sich mit vieler Würde in das Band der Ehrenlegion schneuzen und auf ein bloßes Ja oder Nein ihren Leuten Schläge auf die Fußsohlen geben lassen. Gewissenlose Kadis mit großen Brillen sprechen Recht, berufen sich mit vielem Augenverdrehen auf Koran und Gesetz und denken nur an die jährliche Beförderung und an den ersehnten Orden; dabei verkaufen sie ihr Urteil wie Esau das Recht seiner Erstgeburt, für ein Linsengericht oder für etwas Kuskussu mit Zucker. Die Kaids, Wüstlinge und Trunkenbolde, frühere Stiefelputzer bei irgendeinem General Jussuf oder so ähnlich, saufen sich mit ihren mahonesischen Wäscherinnen an Champagner voll und schlemmen gebratenes Hammelfleisch, während dicht an ihrem Zelt der ganze Stamm vor Hunger umkommt und sich mit den Hunden um die Abfälle der fürstlichen Tafel rauft.
Und ringsum liegt weithin das Land brach, das Gras ist verbrannt, die Büsche stehen kahl; hin und wieder sieht man einige Kaktus- und Mastixhecken: das soll die Kornkammer Frankreichs sein! Ach, es ist eine Kornkammer ohne Korn und überreich nur an Schakalen und Wanzen. Die Dörfer der Eingeborenen sind verlassen, die Bevölkerung hat den Kopf verloren und wandert fort, ohne zu wissen wohin, nur um dem Hungertode zu entgehen. Leichen bezeichnen ihren Weg. In weiten Abständen stößt man auf ein französisches Dorf mit verfallenen Häusern, mit Feldern, die niemand bestellt; gierige Heuschrecken nagen selbst die Vorhänge an den Fenstern an. Die Kolonisten aber sitzen in den Cafés, trinken Absinth und streiten über die Verfassung und über Reformen herum.
Das alles hätte Tartarin sehen können, wenn er da-

für Augen gehabt hätte, aber der Mann aus Tarascon dachte nur an seine Löwen, ging seinen geraden Weg und schaute weder nach rechts noch nach links. Und jeder Blick galt den Bestien, die sich nicht zeigen wollten, es wäre denn in seiner Einbildung. Da es dem

Patentzelt nicht einfiel, aufzugehen, und der Pemmikan gegen alle Bemühungen hart blieb, so mußte die Karawane morgens und abends bei den eingeborenen Stämmen lagern. Überall wurden unsere Jäger dank der Uniformmütze des Prinzen Gregor mit offenen Armen empfangen. Sie wohnten bei Agas in höchst merkwürdigen Palästen (es waren große, weiße Scheunengebäude ohne Fenster), in denen türkische Wasserpfeifen und Möbel aus Mahagoni, Symrnateppiche und Lampen mit Patentbrennern, Kästen aus Zedernholz, mit türkischen Zechinen bis zum Rande gefüllt, und Stutzuhren mit Figuren im Stile Louis-Philippes ein wirres Durcheinander bildeten. Überall feierte man Tartarin zu Ehren glänzende Feste, Diffas, Fantasias; ganze Gums — Abteilungen von eingeborenen Reitern — verknallten ihr Pulver, und ihre Burnusse leuchteten im Sommerlicht. Und wenn dann das Pulver verknallt war, kam der wackere Aga mit der Rechnung. Das nennt sich arabische Gastfreundschaft!

Und noch immer keine Löwen! So wenig Löwen wie auf dem Pont-Neuf in Paris.

Aber der Mann aus Tarascon verlor den Mut nicht. Er drang immer tiefer nach Süden vor und klopfte den lieben langen Tag jede Staude ab. Er stocherte mit dem Lauf seines Karabiners in den Zwergpalmenbüschen, er blieb bei jedem Strauch stehen und machte »Ksch, ksch«, er legte sich jeden Abend vor dem Schlafengehen ein bißchen auf die Lauer, so zwei bis drei Stunden lang. . . Verlorene Mühe! Kein Löwe zeigte sich.

Aber eines Abends gegen sechs Uhr — die Karawane querte gerade ein bläuliches Gehölz von Mastixsträuchern, in dem dicke Wachteln, matt und dumpf von der Hitze, durchs Gras hüpften — glaubte Tartarin von Tarascon ein Gebrüll zu hören. Oh, es klang fern und ganz schwach, ganz dünn im Wind... Aber es war das wunderbare Gebrüll, das er drüben in Tarascon, hinter der Bude von Mitaine, so oft gehört hatte.

Unser Held meinte zuerst, er habe geträumt. Aber gar nicht lange darauf begann das Gebrüll von neuem, immer noch in ziemlicher Entfernung, aber doch schon deutlicher; und diesmal hörte man von überallher die Dorfhunde heulen, und das Kamel zitterte vor Schrekken. Der Höcker zuckte, die Konserven und die Waffenkisten klirrten. Kein Zweifel, es war ein Löwe. Schnell, schnell, auf den Anstand! Jetzt galt es, keine Minute zu verlieren...

Ganz in der Nähe stand ein alter Marabut, die Grabkapelle eines Heiligen, mit seiner weißen Kuppel. Die großen gelben Pantoffeln des Toten waren in einer Nische über der Tür aufgestellt; an den Wänden hingen die sonderbarsten Weihgeschenke bunt durcheinander, Stücke von Burnussen, goldene Fäden, rote Haare ... Hier brachte Tartarin von Tarascon seinen Prinzen und sein Kamel unter und suchte sich dann draußen ein Versteck. Der Prinz Gregor wollte ihm nach, aber der Mann aus Tarascon litt es nicht, er wollte ganz allein dem Löwen gegenübertreten. Für alle Fälle aber bat er Seine Durchlaucht, sich nicht zu entfernen, und vertraute ihm vorsichtshalber seine Brieftasche an, eine mächtige Brieftasche, wohlgefüllt mit Wertpapieren und Scheinen, die er gern vor den Krallen des Löwen errettet hätte; denn er konnte sie zerreißen. Dann ging der Held auf seinen Posten. Hundert Schritte vor dem Marabut zitterte ein kleines Oleandergehölz im Schleier der Dämmerung; es lag

an einem fast ausgetrockneten Flußbett. Hier legte sich Tartarin in den Hinterhalt, stemmte das Knie auf den Boden, wie er es gelernt hatte, hielt das Gewehr schußbereit und stieß sein großes Jagdmesser stolz vor sich in den Sand des Ufers.
Es wurde Nacht. Die Rosenfarbe des Himmels ging in ein Violett über, dann in tiefdunkles Blau. Drunten leuchtete zwischen den Kieseln des Flusses eine schmale Lache von klarem Wasser wie ein kleiner Spiegel auf. Das war die Tränke der Raubtiere. Auf der Böschung am anderen Ufer drüben sah man von ungefähr lichte Stellen im Mastixgestrüpp; das war der Pfad, den sie mit ihren mächtigen Tatzen ausgetreten hatten. Hinter diesem Abhang lauerte es wie ein fürchterliches Geheimnis. Und dazu das unbestimmte, verwirrende Geräusch der afrikanischen Nächte, das Knacken der Zweige unter den samtweichen Füßen schleichender Tiere, das schrille Gebell der Schakale, und in der Luft, zwei-, dreihundert Meter über dem Boden, das laute Klagen ganzer Schwärme von Kranichen (es klang, als ob einer kleine Kinder würgte): jedermann wird zugeben, daß da auch ein Mutiger Angst bekommen konnte.
Tartarin bekam sie. Und ganz ordentlich. Der arme Teufel klapperte mit den Zähnen. Und auf dem Stichblatt des Jagdmessers, da er in die Erde gesteckt hatte, schlug der Lauf seines Gewehres auf wie Kastagnetten. Will man es ihm verdenken? Es gibt ja Abende, an denen man nicht recht beisammen ist. Und wo bliebe auch das Verdienst, wenn die Helden niemals Angst hätten?
Nun ja, Tartarin hatte Angst, hatte die ganze Zeit Angst. Trotzdem hielt er eine, hielt er zwei Stunden tapfer aus. Aber auch bei einem Helden geht das

nicht ins ungemessene. Plötzlich hörte der Mann aus Tarascon ganz nahe vor sich im trockenen Flußbett ein Geräusch von Schritten und rollenden Steinen. Da sprang er in seinem Schrecken jäh auf, feuerte seine zwei Schüsse aufs Geratewohl in die Nacht hinein und rannte, was ihn die Füße trugen, zum Marabut zurück. Das große Messer blieb im Sande stecken wie ein Marterl, zur Erinnerung an den fürchterlichsten Schrecken, den je ein Jäger durch ein wildes Viehzeug ausgestanden hat.

»Zu Hilfe, Prinz! Der Löwe. . .!« – Tiefe Stille.

»Prinz, Prinz! Sind Sie nicht da?«

Der Prinz war nicht da. Nur das brave Kamel warf im Mondlicht seinen vertrackten höckerigen Schatten auf die weiße Wand des Marabuts. Der Prinz hatte sich davongemacht und die Brieftasche samt den Scheinen mitgenommen. Einen Monat schon hatte seine Durchlaucht auf eine solche Gelegenheit gewartet.

Endlich!

Nach den traurigen Abenteuern dieser Nacht erwachte unser Held zu früher Stunde. Und als es ihm zur Gewißheit wurde, daß der Prinz und die Kasse wirklich und wahrhaftig verschwunden waren, auf Nimmerwiedersehen verschwunden, als er sich allein, ganz allein sah in dieser kleinen weißen Grabkapelle, verraten, bestohlen, im wildesten Algerien sich selbst überlassen, ohne jede Hilfe, bloß mit einem einhöckerigen Kamel und etwas Taschengeld, da stiegen diesem braven Mann aus Tarascon die ersten Zweifel auf, Zweifel an Montenegro, an der Freundschaft, am Ruhm, ja selbst an den Löwen; und der Held begann wie Christus in Gethsemane bitterlich zu weinen.

Und wie er so trauernd und gedankenvoll auf der Schwelle des Marabuts saß, den Kopf in den Händen barg und das Gewehr mit den Knien festhielt (wobei ihn das Kamel immerfort von der Seite ansah), da teilte sich plötzlich das Gebüsch gegenüber, und Tartarin sah mit Schrecken, keine zehn Schritte entfernt, einen Löwen hervortreten. Das gewaltige Tier hob den Kopf und stieß ein Gebrüll aus, ein entsetzliches Gebrüll, daß die Mauern der Kapelle mit ihrem ganzen Flitter, ja sogar die Pantoffeln des Heiligen in ihrer Nische zitterten.

Nur der Mann aus Tarascon zitterte nicht. »Endlich!« rief er, sprang auf und riß den Gewehrkolben an die Schulter. Piff, paff! Bum, bum! ... So, das war getan! Der Löwe hatte zwei Sprengkugeln im Kopfe. Eine Minute lang prasselten das zerrissene Gehirn, das rauchende Blut, die wirbelnden Haare wie ein schauerliches Feuerwerk gegen das glühende Rot des afrikanischen Himmels. Dann fiel das Ganze in sich zusammen, und Tartarin sah — — sah zwei wütende Negerkerle, die mit geschwungenen Knütteln auf ihn zukamen ... Die zwei Neger aus Miliana!

O Jammer! Es war der zahme Löwe, das arme blinde Tier aus dem Kloster Mohammeds! Da lag es, von den Kugeln aus Tarascon hingemordet!

Nun, beim Mohammed! diesmal kam unser Tartarin knapp davon ... Zwar, die beiden Bettelneger hätten ihn in ihrer sinnlos-fanatischen Wut sicher in Stücke gerissen, aber der Christengott sandte ihm einen Schutzengel zu Hilfe, den Feldhüter der Gemeinde Orléansville, der mit seinem Säbel unterm Arm auf einem kleinen Flußpfad daherkam. Der Anblick der Amtsmütze besänftigte auf ja und nein den Zorn der Neger. Mit Ruhe und Würde nahm der Mann mit dem Abzeichen sogleich am Tatort ein Verhör auf, ließ, was von dem Löwen noch übrig war, auf das Kamel verladen, befahl den Klägern wie dem Delinquenten, ihm zu folgen, und lenkte seine Schritte gegen Orléansville. Dort übergab er die ganze Sache dem Gericht.

Das wurde ein langes, ein schreckliches Verfahren.

Das Algerien der eingeborenen Stämme hatte Tartarin jetzt hinter sich; nun sollte er ein anderes Algerien kennenlernen, das nicht weniger furchtbar und nicht weniger skurril war, das Algerien der Städte, der Prozessiererei und der Advokatenschliche... Er lernte sie kennen, diese verdächtigen Juristen, die sich in allen Kaffeehäusern herumschmieren, dieses zigeunernde Volk, das Recht und Gesetz verdreht, diese Akten, die nach Absinth riechen, diese weißen Halsbinden mit Schnapsflecken, diese Anwälte, Verteidiger, Gerichtsvollzieher, all diese dürren, hungrigen Heuschrecken des Stempelpapiers, die den Kolonisten bis auf seine Stiefelschäfte auffressen und nicht früher loslassen, bis sie ihm wie einer Maispflanze Blatt um Blatt abgenagt haben.

Vor allem kam es darauf an, festzustellen, ob der Löwe auf dem Gebiet der zivilen oder der Militärobrigkeit getötet worden war. In dem einen Fall war das Handelsgericht zuständig, in dem anderen gehörte Tartarin vors Kriegsgericht. Und bei dem bloßen Worte Kriegsgericht sah sich der Mann aus Tarascon in seiner hurtigen Phantasie schon an einem Festungwall aufgestellt und erschossen oder doch in einer Kasematte verschmachten.

Nun ist aber das Heikle an der Sache, daß sich die beiden Gebiete in Algerien nur sehr ungenau abgrenzen lassen. Endlich, nachdem die Laufereien, die Kniffe, das Herumstehen in den sonnendurchglühten Höfen der militärischen Amtsgebäude einen Monat gedauert hatten, endlich wurde zu Recht erkannt: daß zwar einerseits der Löwe auf dem Gebiet der militärischen Obrigkeit getötet worden war, daß aber andererseits Tartarin, als er den Schuß abgab, auf dem Gebiet der zivilen gestanden hatte.

Demzufolge wurde die Angelegenheit vor die Zivilgerichtsbarkeit gewiesen, und unser Held kam mit einem Schadenersatz von zweitausendfünfhundert Franken davon, die Kosten nicht eingerechnet.

Aber wie das alles zahlen? Die wenigen Piaster, die der Prinz nicht mitgenommen hatte, waren längst in Stempelpapier und Absinth für die Herrschaften bei Gericht draufgegangen. Der unglückliche Löwentöter war also genötigt, die Waffenkiste Stück für Stück, Gewehr für Gewehr zu verkaufen. Er verkaufte die Dolche, die malaiischen Krise, die Schlagringe ... Ein Krämer erstand die Konserven, ein Apotheker den Rest des Heftpflasters. Selbst die großen Stiefel mußten mitgehen; sie folgten dem Patentzelt zu einem Trödler, der sie zu Raritäten aus Kotschinchina ernannte ... Und so wurde alles bezahlt. Aber nun blieb Tartarin auch nichts mehr als das Fell des Löwen und das Kamel. Das Fell packte er sorgsam ein und schickte es nach Tarascon an den tapferen Major Bravida. (Wir werden gleich hören, was diese fabelhafte Trophäe anrichten sollte.) Mit Hilfe des Kamels wollte er nach Algier zurückkommen; aber er gedachte es keineswegs zu besteigen, sondern zu verkaufen und für den Erlös die Fahrt mit der Post zu bezahlen; das ist noch immer die beste Art, mit einem Kamel zu reisen. Leider war das Tier nicht anzubringen, kein Mensch bot einen Heller dafür. Aber Tartarin wollte so schnell wie möglich nach Algier zurück. Es drängte ihn, das blaue Leibchen seiner Baia, sein Häuschen, seine Springbrunnen wiederzusehen; unter den weißen Mauerbogen seiner kleinen Klause wollte er ausruhen und auf Geld aus Frankreich warten. Und so säumte unser Held nicht länger und machte sich, blutenden Herzens, aber durchaus nicht gebrochen, auf, um den Weg zu Fuß und ohne Geld in kleinen Tagesmärschen zurückzulegen.

Das Kamel verließ ihn dabei nicht. Dieses sonder-

bare Tier zeigte eine unerklärliche Zuneigung zu seinem Herrn; als es sah, daß er die Stadt Orléansville verließ, ging es getreulich auf Schritt und Tritt hinter ihm her und wich ihm nicht von der Ferse. Tartarin war im ersten Augenblick ganz gerührt, diese Treue, diese blinde Anhänglichkeit ging ihm zu Herzen, und das um so mehr, als das Tier für sich selbst sorgte und beinahe nichts zum Leben brauchte. Aber nach einigen Tagen langweilte es den Mann aus Tarascon, daß dieser traurige Gefährte fortwährend dicht hinter ihm herlief und ihn immer an sein ganzes Mißgeschick erinnerte; und da der Groll einmal geweckt war, verargte er ihm bald auch sein trauriges Aussehen, seinen Höcker, seinen Gang: watschelte es nicht wie eine aufgezäumte Gans? Kurz und gut, das Kamel wurde ihm zuwider, und er dachte nur noch, wie er es loswerden könnte; aber das Vieh war nicht wegzubringen ... Tartarin versuchte, es zu verlieren: das Kamel fand ihn wieder. Er versuchte zu laufen: das Kamel lief schneller. Er schrie ihm zu: »Pack dich!« und warf Steine nach ihm: das Kamel blieb stehen und sah ihn traurig an, aber im nächsten Augenblick setzte es sich in Bewegung und holte ihn immer wieder ein. Tartarin mußte es sich zuletzt gefallen lassen.
Als aber der Mann aus Tarascon nach acht langen Tagesmärschen, verstaubt und erschöpft, von weitem durch das Grün die ersten weißen Terrassen von Algier leuchten sah, als er an das Tor der Stadt, auf die lärmende Straße von Mustapha kam, mitten unter die Zuaven, die Biskris, die Mahonesen, die alle um ihn herumwimmelten und ihn ansahen, wie er da mit seinem Kamel vorbeimarschierte, da verlor er endlich doch die Geduld. »Nein, nein«, sagte er,

»es ist nicht möglich, ich kann nicht mit einem solchen Tier nach Algier kommen.« Und er machte sich eine Stockung der Fuhrwerke zunutze, entwischte seitwärts aufs Feld und warf sich in einen Graben. Einen Augenblick später sah er über seinem Kopf auf der Straße das Kamel daherlaufen. Es machte große Schritte und streckte ängstlich suchend den Kopf vor. Da fiel unserem Helden ordentlich ein Stein vom Herzen. Er verließ sein Versteck und betrat die Stadt auf einem Seitenpfade, der an der Mauer seines kleinen Hauses hinführte.

Ein Unglück nach dem andern

Als Tartarin vor seinem maurischen Hause ankam, blieb er höchst erstaunt stehen. Der Tag ging schon zur Neige, die Straße war leer. Durch den niedrigen Spitzbogen der Tür – die Negerin hatte vergessen, sie zu schließen – drang fröhliches Lachen hervor. Gläser klirrten, Sektpfropfen flogen mit Geräusch empor, und die ganze lärmende Heiterkeit übertönte eine Frauenstimme, die hell und lustig sang:

»Liebst du, Marco la Belle,
den Tanz und die Blumen im Saal. . .«

»Himmelherrgott!« schrie der Mann aus Tarascon und stürzte in bleicher Wut auf den Hof.

O unseliger Tartarin! Welches Bild harrte da deiner! Im Bogengang des kleinen Klosters stand mitten zwischen Flaschen und Backwerk, zwischen verstreuten Polstern, Pfeifen, Tamburins und Gitarren Baia, Baia! Aber ohne blaue Jacke, ohne Leibchen; sie hatte nur ein ganz dünnes Hemd aus Silberschleiern und mattrosa Pluderhöschen an, hatte eine Matrosenmütze schief aufs Ohr gesetzt und sang ›Marco la Belle‹. Ihr zu Füßen lag auf einer Matte, liebessatt und vollgestopft mit Zuckerwerk, Herr

Barbassou, der unverschämte Kapitän Barbassou, und wollte sich einfach totlachen.
Als unser Tartarin mit seiner fahlen, abgemagerten, verstaubten Gestalt, mit funkelnden Augen und gesträubter Türkenmütze so unvermutet hereinplatzte, brach diese anmutige westöstliche Orgie jäh ab . . . Baia schrie leicht auf wie ein geschrecktes Windspiel und flüchtete ins Haus. Aber Barbassou verlor nicht die Fassung, er lachte nur noch mehr. Und sagte endlich: »Na, Herr von Tartarin, was sagen S'denn jetzt? Sehen Sie, daß die unsere Sprache sehr gut versteht? . . .«
Tartarin von Tarascon drang wütend auf ihn ein: »Kapitän . . .!«
»Du, Schatzerl, sag dem, er soll heraufkommen!« rief die Maurin vom Gang im ersten Stock herab und machte eine Spitzbubenbewegung, die ihr sehr gut stand. Der arme Tartarin plumpste gerade auf eine Trommel. Oh, seine Maurin sprach im Dialekt, sprach genauso, wie man bei ihm zu Hause redete!. . .
»Hab ich Ihnen nicht gesagt, Sie sollen sich vor den Weibern in Algier in acht nehmen?« sagte der Kapitän Barbassou lehrhaft. »Das ist ganz dieselbe Geschichte wie mit Ihrem Prinzen von Montenegro.«
Tartarin hob den Kopf. »Sie wissen, wo der Prinz ist?« — »Oh, der ist gar nicht weit von hier. Der bewohnt jetzt für fünf Jahre das schöne Gefängnis von Mustapha. Den guten Mann haben sie gerade erwischt, wie er die Hand in einer fremden Tasche gehabt hat . . . Übrigens, der kennt sich in diesen Quartieren schon ganz gut aus. Drei Jahre war die Durchlaucht schon irgendwo in einer Strafanstalt. . . Warten Sie, mir scheint, sogar in Tarascon.«
»In Tarascon?« schrie Tartarin in plötzlicher Er-

leuchtung. »Also darum hat er die Stadt nur von einer Seite gekannt!...« – »No gewiß... Was man halt von der Strafanstalt aus sehen kann. Ah, mein lieber Herr von Tartarin, in dem verteufelten Land da muß man schön die Augen offen haben, sonst können einem sehr unangenehme Sachen passieren. Wissen Sie, Ihre Geschichte mit dem Muezzin...«

»Was für eine Geschichte? Welcher Muezzin?«

»Herr du mein Gott! Der Muezzin da gegenüber, der der Baia den Hof gemacht hat. Vor ein paar Tagen hat's der ›Akbar‹ gebracht, und seither lacht ganz Algier darüber. Es ist aber auch zu gut! Der Muezzin singt seine Gebete vom Turm herunter und macht dabei vor Ihnen der Kleinen eine Erklärung um die andere und trifft mit ihr eine Verabredung im Namen des Propheten...«

Der unglückliche Mensch aus Tarascon heulte auf: »Ja, sind denn hier lauter Schufte?«

Barbassou wies das mit überlegener Gebärde zurück. »Mein Lieber, wissen Sie, diese neubesiedelten Länder... Alles eins! Wenn Sie mir folgen, so gehen Sie, so schnell Sie können, nach Tarascon zurück.« – »Zurück? Sie haben gut reden. Und wer bezahlt's? Wissen Sie denn nicht, wie die mich dort unten in der Wüste gerupft haben?« – »Das macht nichts«, sagte lachend der Kapitän. »Der ›Zuave‹ fährt morgen ab. Wenn Sie wollen, bring ich Sie wieder in die Heimat. Es ist Ihnen doch recht, Landsmann? Gut, also abgemacht... Jetzt nur noch eins. Wir haben nur noch ein paar Flaschen Champagner übrig, eine halbe Pastete... also setzen Sie sich mit dazu, und wir tragen uns nichts nach, gelt?...«

Der Mann aus Tarascon zögerte eine ganz kleine

Weile; das war er seiner Würde schuldig. Dann setzte er sich kurz entschlossen nieder und stieß mit an. Baia kam bei dem Gläserklang wieder herunter und sang das Lied von Marco la Belle zu Ende. Das Fest zog sich gehörig in die Nacht hin.

Gegen drei Uhr morgens kam der gute Tartarin, der seinen Freund, den Kapitän, nach Hause begleitet hatte, leicht und frei im Kopfe (nur die Füße waren etwas schwer) auf dem Heimweg zur Moschee. Er mußte lachen, wenn er an den Muezzin und seine Späße dachte, und sofort fuhr ihm ein trefflicher Gedanke durch den Kopf: er wollte sich rächen. Die Tür stand offen. Er trat ein und schritt über die langen, mit Matten belegten Gänge, stieg eine Treppe empor, stieg immer höher und kam zuletzt in ein kleines türkisches Betkämmerchen; eine zierliche schmiedeeiserne Lampe hing von der Decke herab und wob sonderbare Schatten ins weiße Mauerwerk. Dort saß der Muezzin mit seinem großen Turban, seinem weißen Pelz und seiner Mostaganempfeife auf einem Diwan, und vor ihm stand ein großes Glas mit frischem Absinth, den er andächtig umrührte. So erwartete er die Stunde, in der er die Gläubigen zum Gebet zu rufen hatte... Da sah er Tartarin von Tarascon und ließ vor Schreck seine Pfeife fallen.

»Kein Wort, Priester!« gebot der Mann aus Tarascon; er hatte eben seine Idee... »Schnell, deinen Turban, deinen Pelz!« Der türkische Priester gab zitternd seinen Turban, seinen Pelz, gab alles her, was man von ihm verlangte. Tartarin nahm die Sachen über seine Kleider und ging mit ernster Würde auf die Terrasse des Minaretts hinaus.

In der Ferne leuchtete das Meer. Die weißen Dächer

schimmerten im Mondlicht. Der Seewind trug den Klang von Gitarren durch die späte Nacht. Der Muezzin aus Tarascon sammelte sich ein wenig, dann erhob er die Arme und begann in den höchsten Tönen zu leiern: »La Allah il Allah! Mohammed ist ein alter Gauner. Der Orient, der Koran, die Paschas, die Löwen, die maurischen Weiber, das alles ist zusammen keinen lucketen Heller wert... Und keine Türken gibt's nicht mehr... Lauft nur noch Lumpenpack daher... Hoch Tarascon!« So schleuderte der erlauchte Tartarin in einer höchst merkwürdigen Sprache, halb arabisch, halb im Dialekt seiner Heimat, nach allen vier Himmelsgegenden seinen lustigen Fluch hinaus, schleuderte ihn gegen das Meer, gegen die Stadt, gegen die Ebene und gegen das Gebirge. Und die hellen, ernsten Stimmen der anderen Muezzins fielen mit ihrer Antwort ein. Das ging von Minarett zu Minarett. Schon klang es aus weiter Ferne herüber, und ganz oben in der oberen Stadt schlugen die Gläubigen fromm an ihre Brust.

Tarascon! Tarascon!

Mittag. Der ›Zuave‹ steht unter Dampf; gleich geht es fort. Da droben, auf dem Balkon des Cafés Valentin, stellen die Herren Offiziere das Fernrohr ein und treten dem Range nach einer nach dem anderen heran: sie wollen das kleine Schiff abfahren sehen, das so glücklich ist, nach Frankreich zu kommen. Das ist so recht *die* Zerstreuung der Herren vom Stab. Drunten flimmert die Reede. Längs des Kais sind alte türkische Kanonen in den Erdboden eingelassen, die Verschlußstücke leuchten in der Sonne auf. Schon drängen sich die Passagiere. Biskris und Mahonesen laden das Gepäck in die kleinen Boote.

Tartarin von Tarascon hat kein Gepäck. Da geht er eben über den kleinen Marktplatz, wo es soviel Bananen und Pistazien gibt, die Rue de la Marine hinunter. Sein Freund Barbassou begleitet ihn. Der Unglückliche hat am Strand der Mauren seine Waffenkiste und seine Illusionen verloren; nun schickt er sich an, mit leerer Tasche nach Tarascon zurückzufahren... Aber kaum ist er in die Schaluppe des Kapitäns gesprungen; da rennt vom Platz oben ein Tier ganz außer Atem daher und stürzt im

schnellsten Lauf auf ihn zu. Es ist das Kamel, das treue Kamel, das seinen Herrn seit vierundzwanzig Stunden in ganz Algier gesucht hat. Tartarin sieht es und erbleicht – und tut, als kenne er es nicht. Aber das Kamel gibt nicht nach. Es zappelt den ganzen Kai entlang. Es ruft nach seinem Freunde, es blickt ihn zärtlich an. ›Nimm mich mit‹, scheint sein trauriges Auge zu sagen, ›nimm mich mit auf dein Boot und bring mich weit, weit weg von diesen arabischen Kulissen, von diesem lächerlichen Orient der Lokomotiven und der Postkutschen, in dem ich heruntergekommenes Dromedar nicht mehr weiß, was ich mit mir anfangen soll. Du bist der letzte Türke, ich in das letzte Kamel... Bleiben wir beisammen, lieber Tartarin!‹
»Gehört das Kamel dort Ihnen?« fragte der Kapitän.
»Nein, nein!« sagte Tartarin, den bei dem Gedanken, in Tarascon mit einem so lächerlichen Gefolge einzuziehen, ein Schrecken erfaßt. Schamlos verleugnet er den Gefährten seines Unglücks; mit Überzeugung stößt er das Boot von dem Boden Algeriens ab. Das Kamel schnüffelt über das Wasser hin, reckt den Hals, streckt sich, daß die Gelenke krachen, stürzt mit einemmal dem Boote nach und schwimmt daneben her auf den ›Zuaven‹ zu. Der gewölbte Rücken treibt wie eine Kürbisflasche dahin, der mächtige Hals ragt über die Flut wie der Schnabel einer Trireme. Barke und Kamel legen zugleich an der Breitseite des Dampfers an.
»Am Ende tut mir dieses Dromedar leid«, sagte ganz gerührt der Kapitän Barbassou; »ich bekomme Lust, es mit aufs Schiff zu nehmen. Ich will es dann in Marseille dem Zoologischen Garten schenken.« Also hievte man das Kamel, das vom Seewasser noch

schwerer geworden war, mit vielen Winden und Tauen aufs Deck, und der ›Zuave‹ begann seine Reise. Sie dauerte zwei Tage. Tartarin blieb ganz allein in seiner Kabine; man hatte durchaus keine schlechte Fahrt, und der Fes mußte gar nicht viel ausstehen, aber das verteufelte Kamel machte sich, sowie sein Herr auf Deck erschien, auf die sonderbarste Art mit ihm zu schaffen. Nie hat ein Kamel einen Menschen so vor aller Welt lächerlich gemacht. Von Stunde zu Stunde sah Tartarin, wenn er die Nase ein wenig zur Luke seiner Kabine hinausstreckte, den blauen Himmel Algeriens mehr und mehr verblassen. Endlich hörte er eines Morgens durch den silbergrauen Nebel beglückt die Glocken von Marseille, hörte sie alle läuten. Man war am Ziel. Der ›Zuave‹ ging vor Anker.

Unser Mann, der ja kein Gepäck mithatte, stieg aus, sagte keinem ein Wort und lief, so schnell er konnte, durch die Stadt, immer in der Angst, das Kamel könnte ihm folgen. Er atmete erst auf, als er in einem Wagen dritter Klasse saß und munter gegen Tarascon rollte. Ach, dieses Gefühl der Sicherheit war trügerisch... Kaum zwei Meilen hinter Marseille springt alles zum Fenster, starrt alles, Kopf an Kopf gedrängt, hinaus. Man schreit, man staunt... Tartarin schaut auch hin... und sieht – das Kamel, meine Herrschaften, das unvermeidliche Kamel! Mitten in der südfranzösischen Küstensteppe lief es auf dem Geleise hinter dem Zug einher und konnte ganz gut nachkommen... Entsetzt drückte sich Tartarin in seine Ecke und schloß die Augen.

Er hatte darauf gerechnet, nach dieser verunglückten Unternehmung wenigstens unerkannt heimkehren zu können. Die Anwesenheit des zudringlichen Vierfüßlers machte es ihm unmöglich. Das konnte ein sauberer Einzug werden, du guter Gott! Keinen Groschen Geld, keinen Löwen, nichts – nur ein Kamel!

»Tarascon! Tarascon!«

Er mußte aussteigen... Aber was war das? Kaum zeigte sich der Fes des Helden in der geöffneten Tür, da ertönte ein brausender Ruf: »Hoch Tartarin!«, daß die Scheiben der Bahnhofshalle klirrten. Und wieder und wieder: »Hoch Tartarin! Hoch der Löwentöter!« Und Fanfaren schmetterten los, Gesangvereine fielen ein. Tartarin glaubte, das sei sein Ende. Da mußte ihm jemand einen Streich gespielt haben. Aber nein, ganz Tarascon war da, und alles schwenkte den Hut und begrüßte ihn herzlich, der tapfere Major Bravida, der Waffenhändler Costecalde, der Präsident, der Apotheker und die ganze edle Zunft der Mützenjäger; die drängten sich um ihren Meister und trugen ihn im Triumph die Treppe hinab.

Sonderbare Wirkungen des Wahns! Das Fell des blinden Löwen, das Bravida erhalten hatte, war schuld an dem ganzen Lärm. Dieses bescheidene Stückchen Pelz war im Klub ausgestellt worden, und das war zuerst den Leuten in Tarascon, dann aber dem ganzen Süden zu Kopf gestiegen. Der ›Sémaphore‹ hatte seine Stimme erhoben. Ein ganzes Drama hatte man sich ausgedacht. Tartarin hatte längst nicht mehr *einen* Löwen getötet, sondern zehn, nein, zwanzig Löwen; es war schon ein ganzer Brei von Löwen. Und so war Tartarin, als er in Marseille ans Land stieg, auch schon, ohne es zu wissen, ein berühmter Mann; und zwei Stunden eher als er war eine begeisterte Depesche mit der Meldung in seiner Vaterstadt eingetroffen.

Aber ihren Höhepunkt erreichte die Freude des Volkes, als ein phantastisches Tier, mit Staub und Schweiß bedeckt, hinter dem Helden auftauchte und die Bahnhofstreppe herunterhopste. Ganz Tarascon glaubte einen Augenblick, seine Tarasque sei wiedergekommen. Aber Tartarin beruhigte seine Mitbürger. »Es ist nur mein Kamel«, sagte er. Und schon unter dem Einfluß der Sonne von Tarascon, dieser wunderbaren Sonne, die einen so Unschuldigen zum Lügner werden läßt, setzte er hinzu (und streichelte den Höcker des Dromedars): »Ein edles Tier... Es war dabei, wie ich alle meine Löwen geschossen habe«...

Und damit nahm er vertraulich den Major, der vor soviel Glück ganz rot wurde, beim Arm und ging ruhig seinem Hause mit dem Baobab zu, hinter ihm sein Kamel, umringt von den Mützenjägern, mit Begeisterung begrüßt vom ganzen Volke. Und noch im Gehen fing er an, von seinen gewaltigen Jagden zu erzählen.

»Stellt euch vor«, sagte er »eines Abends, mitten in der Sahara...«

Romane, Erzählungen, Prosa

Apuleius. Der goldene Esel
Mit Illustrationen von Max Klinger zu »Amor und Psyche«. Aus dem Lateinischen von August Rode. Mit einem Nachwort von Wilhelm Haupt. it 146.

Honoré de Balzac. Die Frau von dreißig Jahren
Deutsch von W. Blochwitz. it 460
– Beamte, Schulden, Elegantes Leben
Eine Auswahl aus den journalistischen Arbeiten. Mit einem Nachwort herausgegeben von Wolfgang Drost und Karl Riha. Mit zeitgenössischen Karikaturen. it 346
– Das Mädchen mit den Goldaugen
Aus dem Französischen von Ernst Hardt. Vorwort Hugo von Hofmannsthal. Illustrationen Marcus Behmer. it 60

Joseph Bédier. Der Roman von Tristan und Isolde
Deutsch von Rudolf G. Binding. Mit Holzschnitten von 1484. it 387

Harriet Beecher-Stowe. Onkel Toms Hütte
In der Bearbeitung einer alten Übersetzung herausgegeben und mit einem Nachwort versehen von Wieland Herzfelde. Mit 27 Holzschnitten von George Cruikshank aus der englischen Ausgabe von 1852. it 272

Ambrose Bierce. Aus dem Wörterbuch des Teufels
Auswahl, Übersetzung und Nachwort von Dieter E. Zimmer. it 440
– Mein Lieblingsmord
Erzählungen. Aus dem Amerikanischen von G. Günther. it 39

Die Blümlein des heiligen Franziskus von Assisi
Aus dem Italienischen nach der Ausgabe der Tipografia Metastasio, Assisi 1901, von Rduolf G. Binding. Mit Initialen von Carl Weidemeyer. it 48

Giovanni di Boccaccio. Das Dekameron
Hundert Novellen. Ungekürzte Ausgabe. Aus dem Italienischen von Albert Wesselski und mit einer Einleitung versehen von André Jolles. Mit venezianischen Holzschnitten. Zwei Bände. it 7/8

Hermann Bote. Ein kurzweiliges Buch von Till Eulenspiegel aus dem Lande Braunschweig. Wie er sein Leben vollbracht hat. Sechsundneunzig seiner Geschichten.
Herausgegeben, in die Sprache unserer Zeit übertragen und mit Anmerkungen versehen von Siegfried H. Sichtermann. Mit zeitgenössischen Illustrationen. it 336

Romane, Erzählungen, Prosa

Emily Brontë. Die Sturmhöhe
Aus dem Englischen von Grete Rambach. it 141

Gottfried August Bürger. Wunderbare Reisen zu Wasser und zu Lande. Feldzüge und lustige Abenteuer des Freiherrn von Münchhausen. Mit Holzschnitten von Gustave Doré. it 207

Hans Carossa. Eine Kindheit und Verwandlungen einer Jugend
it 295/296

Lewis Carroll. Geschichten mit Knoten
Herausgegeben und übersetzt von W. E. Richartz. Mit Illustrationen von Arthur B. Frost. it 302

Miguel de Cervantes Saavedra. Der scharfsinnige Ritter Don Quixote von der Mancha
Mit einem Essay von Iwan Turgenjew und einem Nachwort von André Jolles. Mit Illustrationen von Gustave Doré. 3 Bände. it 109

Adelbert von Chamisso. Peter Schlemihls wundersame Geschichte
Nachwort von Thomas Mann. Illustriert von Emil Preetorius. it 27

James Fenimore Cooper. Die Lederstrumpferzählungen
In der Bearbeitung der Übersetzung von E. Kolb durch Rudolf Drescher. Mit Illustrationen von D. E. Darley. Vollständige Ausgabe.
it 179 Der Wildtöter · it 180 Der letzte Mohikaner · it 181 Der Pfadfinder · it 182 Die Ansiedler · it 183 Die Prärie

Alphonse Daudet. Briefe aus meiner Mühle
Aus dem Französischen von Alice Seiffert. Mit Illustrationen. it 446
– Tartarin von Tarascon. Die wunderbaren Abenteuer des Tartarin von Tarascon.
Mit Zeichnungen von Emil Preetorius. it 84

Honoré Daumier. Robert-Macaire – Der unsterbliche Betrüger
Drei Physiologien. Aus dem Französischen von Mario Spiro. Herausgegeben und mit einem Nachwort versehen von Karl Riha.
it 249